心賽之形，人生之型：

劉慕裳

序一：林大輝校監

親愛的慕裳：

在這個充滿挑戰和機遇的時代，運動員們扮演著極其重要的角色。你作為一名優秀的運動員，不僅展現了卓越的技術及體能，更體現了毅力、決心和堅毅不拔的品質。

在這漫長的運動路上，你所付出的努力和汗水都是值得稱讚。你不僅是一名出色的運動員，更是年輕人的榜樣和優秀引領者。我深信，在未來的比賽和挑戰中，你將會繼續發光發熱，為香港和國家贏得更高的榮譽。

我謹以此序獻給你。希望你能繼續保持初心和努力，不斷提升自己的實力和技術，勇敢應對挑戰，再接再厲，再創高峰。祝願你的運動事業一帆風順，取得更輝煌的成就！

林大輝校監

比賽之形，人生之型

序二：馮華強師父

親愛的慕裳：

每當我看到您埋頭苦幹、汗流浹背地努力練習的影片及照片，不禁讓我回想起您的成長歷程。從您十歲時那位嬌小可愛的小妹妹，到現在登上奧運頒獎台，成為頂尖的空手道運動員，為香港空手道界帶來了許多史無前例的光輝成績，作為您師父，我深感光榮和欣慰。

「劉慕裳」這個名字代表著「不畏困難、勇往直前」的精神。正是憑藉著這份毅力、自律和自信，成為您登上世界級運動員舞台的關鍵。這本自傳記錄您的成長歷程和奮鬥故事，希望透過文字能讓大眾了解您的為人和故事。我深信，您的故事將能激勵更多人去追求夢想，像您一樣努力奮鬥，不斷超越自我。

看著您一步步成長至今的成就，我深感自豪和榮幸。希望您繼續保持初心，堅守信念，成為更好的自己。最後，我衷心祝願您在空手道之路上取得更大的成就，繼續為香港空手道綻放光芒。

師父

馮華強

序三：劉知名

親愛的妹妹：

在我們共同練習空手道的時光，套拳「擊碎一」成為了我們成長的見證。你的堅定和毅力讓你成為了世界第一，每次看見你的表現，我都被深深感動。

這本自傳記錄你的成長經歷、奮鬥過程和勇敢追夢的決心。作為哥哥，我希望這本自傳能激勵更多人，讓他們明白只要堅持不懈，追逐夢想的路就不會太遙遠。

你的努力和毅力是我一生的榜樣，你用身體力行去展示「堅持」兩字的真正含意。我相信你的故事將激勵更多人去追求自己的夢想，努力奮鬥，不斷進步。

作為你的哥哥，看著你一步步實現自己的夢想，我深深感到驕傲和欣慰。我期待讀者們能夠進入你的故事中，與你一同經歷每一個轉折和勝利，從中獲得力量和啟示。祝你在未來的道路上繼續前行，勇敢追逐夢想！

充滿愛和支持的哥哥

劉知名敬上

Preface ∶ Training Partner - Ariel Torres

Dear Grace,

Before I crossed paths with Grace Lau, I was just a wide-eyed observer, glued to the screen, mesmerized by her prowess during the 2015 Asian Championships. I vividly recall her power, speed, and grace captivating me, a 16-year-old, completely. Witnessing her unfortunate loss to Japan left me incredulous, yet it sparked a deep curiosity about her journey, leading me to follow her every move.

Grace's relentless climb to the top shattered the long-standing perception of Japanese karate dominance, inspiring countless athletes, including myself. Her triumph in Austria in 2017, where she outmatched the Japanese world champion and two other high-level athletes, echoed a resounding message to the world: "It's possible." At 18, I attended my first series in Okinawa, where I finally met Grace in person. Despite my nerves, she graciously spared a moment for me, even agreeing to take a picture together.

As the years passed, I found myself gradually ascending the ranks, fueled by Grace's unwavering dedication and perseverance. Training alongside her for five years has been an unparalleled privilege. Her tireless work ethic, coupled with her humility and willingness to share her insights, has been instrumental in my growth as an athlete. Together, we've celebrated victories, conquered obstacles, and etched our names in the annals of karate history as the first Olympic bronze medalists in our sport.

As Grace continues to reign as the world number one, I am honored to stand beside her as her training partner and friend. Despite currently holding the number two spot, I am determined to give my all, striving to stand shoulder to shoulder with her as the world's best. Grace, your guidance and inspiration have paved the way for my journey, and I am committed to making the most of every opportunity to reach new heights together. Thank you for being more than a mentor; thank you for being a beacon of excellence and a true friend.

I firmly believe that this book will serve as a source of inspiration, motivating readers not only in their athletic pursuits but also guiding them in various aspects of their lives. Its impact will extend beyond the realm of sports, empowering individuals to strive for excellence and success in all endeavors they undertake.

Ariel Torres

from USA Karate Team

比賽之形，人生之型

前輩及好友推介

推介劉慕裳小姐著作:

　　劉慕裳乃香港城市大學傑出校友,她憑個人努力和堅定信念,成功登上空手道個人形世界排名第一,為港爭光、為社會發放正能量,她頑強拼搏的體育精神值得我們學習。作為城大前校董會主席,我也感到光榮和驕傲。

胡曉明教授, GBS, JP

全國人民代表大會港區代表

菱電發展有限公司主席

中國香港體育協會暨奧林匹克委員會副會長

　　劉慕裳是一位出色的香港體育學院獎學金運動員,能夠取得奧運獎牌背後必定付出很大的努力,她透過此書親自道出自己如何度過這不一樣的年輕歲月,如何默默耕耘取得成功,她不斷尋求突破、永不言棄的精神,絕對是年輕人的楷模,她的精英之路值得大家細味,讓我們一起支持她面對未來在運動場內外所遇到的挑戰。

香港體育學院院長

蔡玉坤 MH

第一次跟慕裳在體育學院見面，那時她還是一位小女孩，談吐很可愛。然後便見證著這位小妹妹逐步成長，成為站在世界之巔的「小巨人」。

每次跟她聊天，都感受到她全心全意對極致的追求，心理質素極高，內心強大，經歷不甘心而不灰心，充滿自信而不自負。她的故事，她的自傳，無論你正處於人生高峰或低潮，必定有所得著。年輕人能及早感受「小巨人」那份對待自己的態度，必定有所啟發。

廖寶賢
國際運動品牌總經理

得到奧運獎牌後的慕裳仍然努力編寫人生燦爛的故事
——陳枷彤，連續三屆亞洲運動會獎牌得主

20年前因空手道認識了她，更有幸曾經一起在運動員生涯打拼，我也親眼見證她的努力和成就，希望她的故事能激勵大家。

——李嘉維，連續兩屆亞洲運動會獎牌得主

如果你對於「自我改變」有點掙扎和恐懼，Grace 的故事能給你勇氣和力量走出 comfort zone。

——李佩琪

Grace 待朋友很「真」誠，做事亦十分認「真」；成功從來沒有僥倖，更何況是世一？！「真」，就是她的成功之道，proud of you ！

——林柏希，資深電台 DJ/主持/司儀

在榮譽和掌聲的背後，盡是堅持和汗水。我真誠地向您推薦這本書，特別是正在追尋夢想的您，定必找到答案！

——雷家誠

慕裳：

妳的新書，凝聚了妳多年的汗水和努力，它展現了你在空手道的才華和付出，還可以讓讀者更加認識「個人形」，我為你而驕傲。

——劉志穎

讀書時期劉慕裳已經係我心目中嘅世一！

推介大家睇呢本書了解佢成為真．世一之路！

——王植誼

從小時候便認識 Grace，一直看著她的成長，有很多不同改變，但肯定從來不變的是她對空手道的熱愛及堅持。這本書講述 Grace 的心路歷程及種種奮鬥過程，令我用完全不同的角度去了解這個朋友，亦令我明白，Grace 成功的原因不只是我看到的堅持和熱愛那麼簡單。

這本書不會教你如何成功，但會教曉你如何「吸引」成功，希望大家可以從中得到啟發。

——劉恩懷

一開始認識 Grace，身邊同學不斷叫她空手道女人，才知道 Grace 有打空手道。由中學見證她打不同大小比賽，到成為一個職業運動員，當中的辛酸或者氣餒時間她都一一捱過了。相信在書中提及的經歷能夠鼓勵或啟發曾經感到氣餒的你，希望大家透過這本書了解更多她成功的里程碑。

——李杰珉

比賽之形，人生之型

13

好多人以為做運動員好容易，其實當中會遇到好多挫敗同逆境，好多時會出現放棄嘅念頭，但慕裳一次又一次同大家講「唔好睇小自己，冇野冇可能」。我推薦呢本書，大家一齊了解下運動員精神同態度，每一面獎牌都係有汗有淚的。

——余穎嫻

在我心目中，慕裳同堅毅不屈已經畫上等號，佢除咗係我嘅好隊友、好朋友之外，仲係我嘅好榜樣！

當一個比你強嘅人都在努力奮鬥時，其實自己嘅少少付出根本算不上什麼。佢教識我到底一個運動員如何實踐自己嘅目標同理想。一齊去了解奧運獎牌得主以及成為世一嘅心路歷程。

——王思敏

比賽之形，人生之型

自序

「大家好，我是香港空手道運動員——劉慕裳」

近年來，每當我作出自我介紹時，「香港空手道運動員」一定是我最引以為傲的身份。

在這個世界上，有許多運動員努力拼搏，追求著自己的夢想和目標。而我，也是其中之一。

從小我就對空手道產生了濃厚的興趣，並且在這條道路上一直堅定不移地向前邁進。經歷過成功和失敗、高峰和低谷，但透過無數次的努力和汗水，我終於站在了海外、亞洲，甚至世界的舞台上，展示了艱辛訓練的成果。

空手道不僅僅是一種運動，更是一種精神的追求和修練。在訓練的過程中，我學會了堅持、毅力和自律，這些品質不僅幫助我在比賽中取得了勝利，也讓我在生活中更加堅強和自信。特別是在遇到困難的時候，我從不放棄，深信只要持續努力，一定會有突破的機會。

人生就像一本永遠不會停止的教科書，無論我們過去擁有多少經驗，總會有新的事物等待著我們去學習。保持一顆虛心學習的心，不管面對熟悉或陌生的事物，都會讓我們的生活充滿樂趣和挑戰。讓我們用一顆開放的心，迎接人生的每個新

挑戰，讓一切變得更加有趣和豐富。

透過這本書，我希望能夠讓更多人深入了解空手道這項運動的魅力，並且激勵大家勇敢追求自己的夢想。在人生的旅途中，我們都會遇到各種困難和挑戰，但只要堅持不懈、相信自己，我們一定能夠取得成功。成功不僅是獎項或榮譽，更是對自己努力的肯定和活得充實。

我感到非常高興能夠與大家分享我的經歷，希望這本書能夠帶給大家一些啟發和正能量。讓我們一起在人生的道路上努力不懈，為自己的夢想奮鬥，成就更加美好的未來。

Content

目錄

Chapter 1

童年的我

Chapter 1 ——————— 童年的我

　　我在90年代的香港出生，除了父母外，還有一個比我大3歲的哥哥。

　　小時候，媽媽對我和哥哥都非常嚴厲，例如上學，她絕不容許我們遲到，她認為準時是十分重要，所以從小我就有很嚴謹的時間觀念。記得中學時代每年學期完結都會公布操行成績，學校會出警告信記錄小過、大過，而我一封警告信也沒有收過。同學們都感到驚訝，因為上學遲到也會出警告信，而我竟然一封也沒有！因為我真的從來不曾遲到，媽媽是絕不容許這樣的事情發生。

幼稚園時期的我

在恩威並行的家庭成長

另一個「家教嚴」的例子，就是小時候不可自行外出，所以從沒有跟鄰家小孩大伙兒出外玩耍這回事；即使跟家人到樓下，亦不容許穿著拖鞋，媽媽不喜歡我在街上展露腳趾。至於爸爸則相對寬鬆，如果連他都對我動手，那一定是犯了非常嚴重的過失。最記得曾被他狠狠地用籐條體罰過一次，雖然已不記得所為何事，但因為是唯一一次，所以印象非常深刻。

還有一樣令我至今仍十分費解的事，就是小時候我不可以直呼哥哥的全名「劉知名」，以至現在有時我需要提起哥哥的全名，也會帶點罪惡感。因為媽媽覺得這樣很不禮貌，這是她一直堅持的事。即使現在我們已是成年人，也會以兄妹相稱，朋友都覺得很有趣。

在父母及哥哥的愛護下，度過了快樂的童年。

管教嚴厲背後，慶幸亦感受到父母的愛，童年時經常和媽媽結伴逛街，我們兩母女都熱愛逛街，經常從早逛到晚，回家後雙腳累得要高舉來睡覺，仍然樂此不疲；至於跟爸爸的回憶，就是小時候經常要為他按摩，因為他工作甚為勞累，我要使出九牛二虎之力幫他消除疲勞。小時候一家人亦經常結伴旅行，印象最深刻是北京之行，當走到萬里長城，因為樓梯高低不平，個子小的我感到十分驚慌，最後要爸爸抱起才能離開。這一切一切，都留下不少美好童年回憶。

小時候一家人到萬里長城，個子小的我要爸爸把起離開。

和哥哥的關係非比尋常

　　我跟哥哥的關係，可以説是非常融洽，因為我倆有共同興趣〈空手道〉，很少兩兄妹或兩姊弟關係可以如此好，除非有共同興趣，我相信哥哥也認同我倆關係很好。從小我們就並肩到油麻地道場接受訓練，每次都要花上45分鐘車程，來回就是一個半小時。除了間中因為訓練至很疲累而小睡片刻外，其餘時間都會用來交談。二人暢所欲言，無所不談，相處得非常自然融洽，大家對這個興趣的重視程度都十分一致，所以對話內容大多圍繞空手道，亦習慣向對方分享自己的感受，從小至今都沒有改變。

　　相信不少有兄弟姊妹的人都試過在家「扮露營」，我和哥哥亦不例外。記得一次「露營」當天早上要上學，放學又忙著做功課，所以未開始「露營」已很疲累。當時的情景是撐起一個帳篷然後假裝睡覺，誰不知我真的睡著了！小時候我是一個十分「懶瞓」的人，沒有人能喚醒我，所有噪音都無法干擾我，大家只能等我自然醒。當「露營」完畢起來時，原來已過了兩小時。醒來後見哥哥已在做著其他事，幸好他十分體諒我，沒有怪我，任由我去睡。到現在我倆仍對這次「露營」印象深刻。

　　我們亦會互相陪對方玩耍，他陪我玩煮飯仔，我陪他玩

四驅車，家中有條軌道，大家各自改組自己的四驅車鬥快，又會儲寵物小精靈卡較量技能。唯獨我不會陪他玩的就是打電子遊戲機，我真的提不起興趣。除了空手道以外，我們也樂於成為彼此的玩伴，一起成長。

我和哥哥感情非常好，從小已是形影不離的玩伴。

跟空手道的初回接觸

在我的年代，空手道屬於比較冷門的運動，記得哥哥看完謝霆鋒和張燊悅合演的電視劇《撻出愛火花》，很想學習劇中提及的柔道，而同步觀賞的我則沒有太大感覺。哥哥請求媽媽到社區中心為他報名，媽媽了解過後得悉該中心並沒有提供柔道課程，只有空手道課程。哥哥覺得兩項運動所穿的道袍樣式甚為相似，認為兩者應該差不多，於是便開始學習空手道。而我，大約在兩年後，見到哥哥為了應付考試經常在家中練習個人形〈Kata，套拳〉，其中一個套拳名為「擊碎一」，整個套拳的感覺非常型格，於是詢問媽媽能否跟哥哥一起去學空手道。

其實當年我最先接觸的運動是短跑及足球，而媽媽則如天下母親一樣，都想女兒學芭蕾舞，所以小時候我亦有乖乖去學。後來我選擇學足球時，媽媽反應很大，覺得跟芭蕾舞天南地北，認為足球是男孩子的玩意，於是將「生死大權」交給爸爸。很意外地，爸爸並沒有站在媽媽的一方，而是同意我去學足球。所以後來我想跟哥哥一起學空手道，媽媽也較容易接受。她認為我只是三分鐘熱度，不會十分投入。

由於小時候學過芭蕾舞，因此我的身體柔韌度較高，手

我和很多女孩子一樣，小時候學過芭蕾舞。

腳協調能力亦較強，初初學習 Kata 時很容易做出優美的馬步及不同難度的動作，而其他人可能需要花很長時間拉筋才能做得到，令我最初以為空手道簡單又容易上手。直至一次慘痛的訓練，才令我頓然明白空手道講求的其實是很高深，當中包括速度、力量、耐力……

「原來我咁捱得！」

那時我大約 11、12 歲，入門者白帶級別，當日師父要求大家組成左右兩排站立，一邊負責做靶，一邊負責揮拳，順時針輪流進行。師父提醒做靶時要將腹部收緊，不可放鬆，雙方要做好距離控制，每輪大約揮拳十下。輾轉間輪到面對一位綠帶的師兄，他個子較我高出很多，卻竟然毫不留手，拳拳到肉，沒有做好距離控制及點到即止，當下我深感疑惑：「真是要打到如此『入肉』嗎？」

礙於我只是白帶，敢怒不敢言，於是繼續強忍，聽從師父指示不斷將腹部收緊，但我只是一名小朋友，腹部也沒有什麼肌肉可言。我一直忍、一直捱，師父留意到情況便喝止那位師兄：「你係咪想打死佢？佢面都青晒喇！」當時我真的被打到想吐。想起當初還以為空手道很容易，原來要咬著牙根捱打，不可以捱打就哭，更不能輕言放棄，「頂得到都要頂埋

佢」。想不到原來自己可以成為一個「好捱得」、很堅忍的小朋友。

是真的，打空手道確實要「好捱得」，以前經常在木地板練習，雙腳腳板底被磨至起水泡，非常痛楚，走起路來可謂一步一驚心，水泡之後會變成厚繭，繭其實是有需要的，可以防止再起水泡。別人覺得很難看，我會視之為「戰績」。記得小時候跟媽媽去按摩修腳皮，翌日回去練習時重新起水泡，無限輪迴，於是我誓言：「只要一日仍然玩空手道，我是絕不會再批腳皮的！」修腳皮後腳板底固然很滑，但同時所有保護都被削去，不利於空手道練習。

學生生涯的校園點滴

從小學開始我就熱愛運動，小三轉校後被體育主任發掘到我的運動潛能，短跑、羽毛球、足球、籃球、乒乓球……很多運動都一一涉獵到，運動細胞一觸即發。唯獨從未參加水上運動，因為我不懂得游泳，至今仍然十分怕水，可能跟小時候曾經遇溺有關。及至中學，又接觸到爵士舞、花式跳繩等，一直都是個外向好動的女生。

學業成績最突出的自然也是體育科，記得中學有一年體

育科包含筆試，我考獲全級第一，當時每個科目考獲第一名的學生都獲邀上台接受嘉許，我就是其中一人。另外我本身對具創作性的事物很感興趣，可能因為媽媽也喜歡在電腦上畫圖，雖然說不上專業，但也無形中受到她的薰陶，小學時買書自學，一起研究。及至中學時代上過為期一年多的時裝設計班，副學士時選修傳理系，全因對畫面、色彩、傳達意思的科目深感興趣，最後大學亦順理成章選修創意媒體。

中學時上台領獎

不少人認為空手道是比較男性化的運動，小學及中學時代我確實比較「男仔頭」，活潑好動，東奔西跑，熱愛運動；到長大後想保留更多體力在訓練上，閒時亦想專注在休息上，所以不會再像小時候四處走動浪費時間。而現實中很多空手道女選手也十分女性化及漂亮呢！

比賽之形，人生之型

Chapter 2

從「形」說起

相信在 2021 年東京奧運之前，普遍市民對空手道的個人形〈Kata，套拳〉並沒有太大認識，其實 Kata 是很個人化的運動，每個選手也有個人特點，當你不認識該位選手時，就不知道其強項是速度還是力量。大家可以在比賽過程中觀察其動作的節奏，即使兩位選手表演相同套拳，也會有不同的演繹方式，不同的味道，大家亦可從套拳中觀察選手如何表達其情緒。

分辨選手實力高低

裁判手冊有評審準則，透過力量、速度平衡、正確流派動作等作評分指標，能夠最簡單直接讓觀眾分辨和比較各個選手的實力高低。大家可透過觀察選手的技術水平，及其展示動作的難度，例如跳躍動作，留意其身體控制、柔軟度、力量、速度等各方面，通常技術較高、動作難度較大的選手，都會被看高一線。

最容易明白的難度動作包括跳躍或單腳動作，跳躍是否夠高、落地是否夠穩陣，很明顯看得出他是否有足夠能力去應付這些高難度動作。觀眾可觀察選手的表演力及表達能力，能否透過動作將情感表達出來，能否在舞台上散發出能量及與觀眾互動。當然不是指跟觀眾對話或交流，而是用套拳去感染和

掀動觀眾的情緒。

技術與情感的完美結合

記得有次我觀看一個比賽，見到選手完成套拳後非常感動，可能是因為她表現得很完美，或原來她背後有故事，是她最後一場比賽。她如何投入其中，發揮得淋漓盡致，令觀眾感受到她的情感，這就是所謂的互動。可能見到她的一個眼神中帶有殺氣，這已是一個互動。她成功將訊息傳遞給觀眾，透過這種方式跟你接觸及溝通。實力較高的選手在表達情感上會較佳及流暢，容易令觀眾產生共鳴。

其中一個例子就是有一位來自意大利的選手，她在東京奧運跟我並列銅牌。她在比賽期間雖然表現得戰戰兢兢，但見她順利完成時我覺得十分感動，可能她表現出的水平不及之前數屆高，但我知道她在COVID期間遇上車禍，弄傷膝蓋，做基本馬步動作都顯得十分辛苦，但仍非常盡力去做。當觀眾知道她背後的故事，知道她有多渴望在奧運得到獎牌，知道她忍痛去做出這個動作時，這就是跟觀眾的溝通與互動。

如果見到一位選手將技術組合進行得很流暢，連貫性、過渡都處理得很好，就知道他實力較高，可以無縫接軌所有動

作，很精確去演繹每個動作的統一性。還有一點很重要，就是自信，選手一步進賽場，向評判大聲說出套拳的名稱時，其實已是show time。

高規格禮儀要求

個人形是一門扣分制賽事，講求完美，稍有瑕疵就會被扣分，所以在比賽過程中是不容許犯任何錯誤。我們經常說，搏擊可以有很多可能性，大家不時在比賽中看見有選手到最後一秒逆轉性擊倒對方；但個人形是由一開始已經要很謹慎去處理每個動作，不是從你第一步展示套拳計起，而是從第一步踏上舞台已經是整個show的開始。所有事情都要做足，由一開始步進場地的氣勢與角度，都會影響裁判的觀感和印象，這些都屬於外在禮儀的事，所以儀容上講求整潔，表達出一種尊重自己及別人的感覺。就如我們出席一些較高級或官方場所時，都會化妝以示尊重有異曲同工之妙。

記得有位日本師父跟我們說過，建議女選手塗唇膏，因為有時一天賽事來來回回，連續打數個套拳，會出現「面青口唇白」的情況，令裁判認為你身體開始有異樣，懷疑你的體能下降，所以有需要塗唇膏令自己看上去比較精神。

頭髮方面也是非常注重，有規定列明髮型需要得體及不可有多餘的飾物。要樸素及簡單，只容許一至兩條橡筋，以致經常需要用上髮泥或噴髮膠，盡量不要披頭散髮及凌亂，要時刻保持整齊端莊。在例書上對衣服有一定要求，我亦會用心把道袍保持得新淨潔白。我們很少用比賽的袍去進行練習，避免留下汗漬，我自己亦會刻意去熨袍以示尊重及專業。

認清優缺點方為上策

事實上，出色的選手都有不同的身高、體重及身型，最重要是了解自己的優點和缺點，究竟屬速度型還是力量型？再選擇突出自己優點的套拳去表演。每個選手的個人風格及實力存異，技巧和難度也有不同，男選手多傾向展示難度和力量，例如跳躍後再加踢腳，跳得較高或旋轉速度較快，帶來較大震撼感，衝擊裁判及觀眾視覺；女選手則較傾向注重每個動作過渡的速度，演繹得比較優雅，希望用動作去牽動觀眾，讓人投入其角色。但以上都只是概括來說，因為 Kata 真是一項很個人化的比賽項目。

而我的優點就是屬於速度及靈活兼備的選手。從小到大別人都覺得我不夠力量，長大後我希望每方面都能平衡發展，所以在力量方面下過不少苦功，以展示應有力量，但主要仍是

三位我很欣賞的個人形女選手：Sandra Sánchez， Viviana Bottaro 及 Hikaru Ono〈由左至右〉。

以速度及演繹方法較靈巧多變為主。很多人包括教練也跟我說過不用擔心自己的動作緩慢，有時反而要減慢一點，讓評判及觀眾能看得更細致。

缺點方面，可能是自信心不足，不相信自己如別人口中形容般好，不時對自己產生負評。記得 2022 年，我在筆記上寫下自己演繹套拳的問題，及後展示給總教練看，他看過後覺得這本筆記令人很沮喪。我不明所以，不是記下自己做得不好的地方，日後便可作為參考逐一改善？他說我不懂得欣賞自己，只寫下自己的問題。我以為這是能令我快速提升實力的方法，因為有針對自己的問題，但原來某程度上我忘記欣賞自己做得好的地方，對讚賞自己過於吝嗇，不斷挑剔及放大問題。明明每次比賽都有明顯進步，過程中卻總是以一個仍然未準備夠好、未做得夠好的心態進行，不相信自己可以征服全世界。

Chapter 3

與個人形結緣

Kata 與搏擊二選一

　　為何我會選擇空手道中比較冷門的 Kata 而非搏擊？小時候師父希望我們兩方面都嘗試發展，再一步步看哪方面的興趣及潛質較大。當時我兩方面都喜歡，各類相關比賽都有參加，亦有一點小成績，但在全港性比賽中，搏擊方面沒有很突出的成績，只是在館內賽及邀請賽才取得一點成績。

　　至於 Kata，小時候很膚淺，覺得攝影師拍出來的相片很美、很有氣勢，後來逐漸受到別人讚賞：「我覺得你打呢套拳好好睇喎！」「我覺得你好適合打呢套拳！」「我一睇到呢套拳就會諗起你！」令我覺得 Kata 是一件很個人化的事，極具代表性，而且打出一定成績，起鼓勵作用，動力越來越大，種種原因令我覺得注定要在 Kata 這方面發展。

樂於嘗試不到流派套拳

　　我最喜愛及擅長的套拳是來自糸東流，自覺很適合自己，因為我的身型比較纖細，相對較瘦，不屬於很沉穩、身型龐大那種，而且個人特色是主打速度，而「糸東流」套拳的賣點也是速度，因此較喜歡亦較擅長。

　　最初學習空手道時並不是由糸東流學起，而是剛柔流，

後來跟師父一起轉型至糸東流。我很喜歡嘗試新事物，未試過又怎知道是否適合自己？即時試過後覺得不合適，也可視為剔除法，進一步確定自己更適合什麼。

在比賽時會演繹不同流派的套拳，曾經打過劉衞流的套拳，雖然不是打出別人期望的風格，但當我用自己的風格去演繹其他流派的套拳時，能給予裁判及觀眾一種新鮮感及驚喜，其實也是一種賣點。當然在加入個人風格時不可演繹得格格不入，驚喜之餘亦要看得舒服，然而這類套拳的選擇並不多，自問亦沒有能力令每個不適合我的套拳，都能演繹得恰如其分，不過我仍樂於嘗試不到流派的套拳。

我樂於嘗試不同流派的套拳，圖為劉衞流。

套拳中展現個人風格

我覺得個人風格跟性格關係密切，最重要是先了解自己的優點及缺點，從而突出優點、隱藏缺點。曾經有人跟我說過，我們是可以控制裁判的眼球去望向特定的動作，如果你不隱藏缺點，他們的眼球就會留意到你的缺點，你不刻意去突出優點，就不能令裁判注意到你的賣點，所以很多事情是自己可以控制的。但必先了解自己的優點，從而將之放大去吸引裁判及觀眾留意。

我覺得節奏也是十分重要，選手們表演的套拳其實來來去去也是那十套八套，雖則說有上百個套拳可以選擇，但不是全部都適合在比賽時展示。我覺得裁判往往在賽場上坐足一整天去看眾多選手輪流在面前打拳，而每個套拳也差不多，有時我會替他們感到苦悶乏味，所以每次我都會構想如何增加娛樂性和觀賞性，在節奏上作出調整。當然不可以不自量力，在改變節奏後變得奇怪或曝露自己的缺點。

累積多年經驗，無論親自上陣還是觀看別人比賽，對節奏已有一定程度的掌握，節奏上一個微細的改變，已能令整個套拳看上去截然不同。我希望每次比賽也有少許不同，顯得有進步，目標除了是取得佳績外，亦希望每次都能給裁判驚喜，

讓他們享受觀賞我的表演，我就是這樣去設計個人風格。

因為有天份 所以懶散

如果說我有空手道天份，我絕對同意，但它卻差點成了我的絆腳石。回想當時只得11、12歲，純粹有興趣參加空手道，但沒有訂下什麼目標，而且當年的比賽亦不多，只有一、兩個，通常全部都會報名參加，包括館賽與全港青少年賽。每次我報名參加比賽也會全力以赴，希望取得金牌，但當時不知道有什麼目標可以令自己持續去練習及奮鬥，只知道自己參加比賽就想取勝，僅此而已。

那時候的我很懶散，半年才去道場上堂兩、三次，不記得當時是自己還是師父建議報名參加全港青少年賽。2004年第一次參加，媽媽勸告我不要抱太大期望，因為哥哥是第二次參加才有獎牌，希望我能好好享受比賽，結果我獲得銅牌。到2005年再參加12至13歲組別，抽籤後發現排位上將有連番激戰，不易應付，於是馬上找師兄練習惡補，連續三星期無間斷每天放學到油麻地道場練習，臨近比賽前又跟師兄商討策略。比賽當日一場接一場拼下去，連番獲勝，最終順利奪得金牌。

全港空手道青少年大賽中奪金

這完全說不上是什麼勵志故事，但正因為這次經歷，令我了解到原來我是可以「臨急抱佛腳」的，哈哈！原來我不需要一早作出計劃，這樣更縱容我繼續懶散。

成人組才是真正戰場

真真正正的轉捩點，要數到成人組。因為確切感覺到自己技不如人，沒想到青年組及成人組完全是兩個世界。以前可以說是天份，現在人人都有天份，較量的，就是誰後天更為努力。

時間要數到 2012 年，我開始在體育學院進行練習，自問在這個階段有努力付出，非常勤力。當時我是全職學生，兼職運動員，每星期最少要練習 15 小時，才合資格取得獎學金資助。相比之前，自覺已努力很多，但現實卻不如我所想。如果要在成人組取得成績，顯然這個練習模式仍不足夠。

當時我跟一位隊友交談，訴說不明白自己為何一直在成人組沒有突破？其實當下不是想得到一個具體的答案，更多的是想尋求安慰，可惜卻換來對方當頭棒喝：「你自覺已經很努力嗎？但我見到其他人比你練習得更多！」沒錯，他說的是事實，這很正常，因為我是兼職運動員，其他人是全職運動員。但我聽後心裡很不舒服，我以為他會說：「你已經好好分配時

間，很盡力了！」當刻我感到非常憤怒，我只是兼職運動員，已經盡全力去做。

原來一直欠缺目標

那次對話後，我下定決心為自己訂下目標，要在兩個月後的全國成人錦標賽勝出，要告訴所有人，就算我不是一個全職運動員，我也會盡力去做，要把握這次機會好好證明自己。最後我真的在全國成人錦標賽奪金，過程十分不容易，勝出後我非常激動，總算給自己一個肯定。原來我是可以做得更好、付出得更多，一直以來無法突破，停滯不前，原來是因為欠缺目標。

經此役後，總教練看到我的努力及潛質，於是給我更多訓練和比賽機會，慢慢地自己更投入及認真對待這項運動和事業，對自己有更高要求，意志越發堅定，要盡自己最大努力做到最好，並開始邁向全職運動員之路。

由業餘轉為全職運動員，誘因是2018年亞運。當時向父母提出有意成為全職運動員時正值大學時期，但我並不是說要馬上轉做全職運動員。先是哥哥說服媽媽讓他試做全職運動員兩年，放手搏一搏看看可以走得多遠；我則沒有特別提出年期，

因有哥哥成功提出在前，既然他獲准，希望父母也同意我的想法。大前提是約兩年後我大學畢業，如果屆時我仍是香港 Kata 一線女選手，他們便會認真對待我這個提議。媽媽也同意，她認為要公平，因為哥哥也試了兩年，而且參加亞運會是需要儲分爭取資格，最終選出四男四女代表，機會難得，最後父母和哥哥也支持我追逐亞運夢。

當年一邊兼顧學業，一邊參加大專比賽。

做全職運動員的得與失

由 2015 年成為全職運動員至今，在我角度看來，最明確的得著是獲得事業上的成就及來自世界各地的榮譽。很感恩一

直以來都有足夠資源、空間及時間去追求自己的夢想，不同時期會有不同夢想，目標會隨年資、實力及經驗而壯大，由目標成為全國冠軍、達到亞洲賽獎牌戰、晉級世界賽頭八名，再去到在各個大型錦標賽上得到獎牌，甚至奧運。

成為全職運動員後可以全情投入去訓練，無後顧之憂。在政府及體院的支持下，令我可以將運動變成事業；在各方面配合下得到專業培訓，不斷提升實力水平，又可以到不同國家見識，參與高水平賽事，繼續朝夢想進發。

朋友羨慕我環遊世界

以前朋友們羨慕我經常「周圍飛」，可以到處玩樂，環遊世界。我的想法是，只要一天行李內有道袍，我都不是抱持玩樂心態去這趟旅程，會視之為 business trip。如果是前往訓練還好些，沒太大壓力及包袱；如果是遠赴比賽，就要高度集中。以前年紀小，到埗後還會到處觀光，去當地教堂打卡。及後目標變得清晰——「今次我不是來玩的，我是來取獎牌的！」

比賽前數天是非常關鍵，要好好調整自己，如何安排休息及訓練的強度，要自己衡量所有事情，如果選擇去觀光便需要走路，會消耗體力。休息是讓肌肉及心情放鬆，不應做額外

的事去浪費體能。我是那種休息也要很專注的人，對細節要求很高，希望每件事也能好好計劃，今次要比上次好，要清楚掌握自己的休息模式。

所以別人口中的環遊世界，只說對了一半，沒錯，我真的去過很多地方，但心態上絕不輕鬆，每次出發前幾個月已不停備戰，練習到嘔吐、周身酸痛都是等閒事，如果被說成是到世界各地遊歷，未免太輕視整件事。長大後朋友看到我的付出及成績，不會再說這是環遊世界了！

凡事有得必有失

作為全職運動員，失去的自然就是陪伴家人及朋友的時間，我不可能再像孩童時期跟媽媽瘋狂逛街。由讀大學開始我便住在宿舍，沒有跟家人同住，因為讀大學連做功課及休息的時間都不足夠，所以盡量住在學校附近。大學畢業後加入體育學院也是住在宿舍，無論食、住、休息都成了訓練的一部分。

到近年經常在外國練習，留在香港的時間更少，因為在外國訓練的成效較高。偶然回港也希望盡量約見所有人，但事實上時間有限，無法做到，所以要作出取捨。

每次短暫回港都要爭取時間與好友相聚

　　另外，身體長年累月承受著沉重負擔，雖說多做運動身體好，但作為全職運動員，經常面對高強度訓練，有時或會訓練過量，令身體負擔不了而引致受傷。疲累是預料之內的事，傷患亦然，我們已習慣生活在痛苦之中。當然這些都是個人選擇，全職運動員是需要在短時間內追尋自己的夢想，達到人生目標，故此凡事總有得也有失。

心靈之形，人生之型

Chapter 4

難忘的訓練和比賽

Chapter 4 —————— 難忘的訓練和比賽

記得五、六年前到日本鳥取訓練，香港教練慣常安排在比賽前進行兩星期特訓，訓練完畢便直接飛到比賽場地作賽。每次出發到日本訓練前，我都會在香港操 fit 自己，身心才能應付接下來兩星期的特訓，因為在日本訓練的時間很長，內容更是每天都意想不到……

首先，兩星期訓練只會安排一天休息，不會浪費時間，每天由下午1時一直訓練至晚上10時，當中只有兩天安排晚上6時至8時吃晚餐，其他日子則沒有特別安排晚餐時間。當時很瘋狂，總教練要求我們每天早上重溫前一天所學的東西，身體及意識都很累，因為日本師父教授的技術是需要思考的，很多時明白師傅所說的技術，但身體卻配合不到，那就只好不斷重複去做，直至身體開始明白。重複次數之多令身心都很疲累，但確實獲益良多。

可怕的「6+1」

其中一個最深刻的訓練內容，是高強度訓練「6+1」，我們參賽時只需打一個套拳，而當時的訓練是要我們連續打六個套拳，還要用盡全力及全速去打，完成後再作一次表演，現在憶述也覺得心有餘悸！這項訓練目的是希望大家能夠學會放鬆，不要用「蠻力」。當然不會天天都這樣訓練，而是在大家

沒有心裡準備之下突然宣佈15分鐘後要做「6+1」，那份恐懼實在無法言喻。當你能夠克服這項訓練，到正式比賽時只需打一個套拳，便會有綽綽有餘、手到拿來的快感。

記得每天訓練完畢後都異常疲累，回到酒店只能選擇吃東西或馬上睡覺，因為身體疲累到只能二選一，隊友們也是這樣想。如果仍有少少餘力，我們就會到酒店附近泡溫泉，這個溫泉可說是我們能捱得過兩星期訓練的精神支柱。該溫泉沒什麼特色可言，就是水溫很高，每次浸泡完都有全身放鬆的感覺，體力瞬間得以恢復。

過期朱古力晚餐

又記得其中一次訓練至晚上7時，真真正正體會到何謂「磨爛蓆」，因為腦海裡已經全然空蕩蕩，完全無法思考，身體卻有如機械人般不停運作，沒有情緒，不帶情感地練習。當時異常肚餓，但我不敢提出吃東西的要求，因為在日本文化中，如果師父沒說要停就要繼續練習，否則會顯得沒禮貌及耐力，加上當時年紀小也不敢去發問。眼見眾人有如一個個空殼般在練習，師父終於從雪櫃拿出一盒朱古力，大家頓時雙眼發光，師父說這就是我們的晚餐。

當我拆開朱古力的招紙時，發現這粒朱古力已過了保質期，內心非常掙扎到底要不要吃，最後全部人都選擇吃。現在回想覺得很有趣，會心微笑，在日本訓練真是一種磨練，無論是意志上或是心態上，是一個相當難得的經驗，捱得過這個訓練，讓我知道自己比想像中更有能耐。

疫情留美訓練的點滴

另一次難忘的挑戰，相信不止是我，是全球人類共同面對的重大挑戰——COVID。當時心情是頗害怕，因為滯留在美國9個月，每天家人在香港傳來各種負面新聞，包括美國疫情在哪區爆發、有多少人受到感染、多少人死亡，當刻如果感染COVID會病得很嚴重甚至死亡。

看到新聞得悉在香港出現瘋搶廁紙及食物的情況，在美國的朋友都覺得難以置信、非常誇張，想不到一個月後，美國亦出現豬肉短缺，廁紙貨架被一掃而空，要找相熟的人才能買到消毒酒精，口罩又要教練在香港寄過來，彷彿之前香港所發生的事統統傳到美國來，人心惶惶。

戴著口罩接受訓練，辛苦程度倍增。

疫情大大影響訓練計劃

　　自己隻身在外地已經不容易，還要遇上這麼大規模的疫情，當時甚少外出，外出也只為去超市購買日用品，或去道場用有限的資源及設施進行練習和訓練，連健身房也不開放，每天都過得非常沉悶。於是決定在這段期間不斷上網找新的東西學習，例如在香港沒有機會亦沒有需要親自下廚，COVID 期間就要自己煮。起初只購買一些輕便的食物，簡單加熱便可進食，但長期食用不太健康，種類選擇亦不多，於是開始學烹飪。

有時 on diet，就會找相關視頻參考，看看 on diet 的人是如何製作合適的甜品。

　　說真的，在美國的生活也頗沉悶，除了訓練之外別無其他，自學不同事物正好消磨時間。除了烹飪外，我也學會自己嫁接眼睫毛。以往一直是交給別人處理，駕車前往美容院需時45分鐘，嫁接眼睫毛用上3小時，回程又要花45分鐘，價錢亦較香港昂貴，時間及金錢上都不化算。比賽時眼睫毛偶有甩漏，自己又不懂去解決。於是靈機一觸不如自學，慢慢研究，近年開始自己嫁接眼睫毛，雖然並不完美，但可隨時隨地自行補救，不用依靠他人，感覺良好。

疫情期間返港需隔離14天，多得體育學院借出訓練用具給我，令我可以保持訓練，準備選拔賽。

不同時期的里程碑

　　至於難忘的比賽有好幾個，所有我第一次獲得的獎項及
特別大型的比賽都很難忘。最難忘的比賽是分不同階段，第一
個最難忘的要數到世界大學生錦標賽奪得銅牌，難忘是因為當
時的香港代表只有我和哥哥兩個人，單單這點已經非常特別，
加上是自己第一個國際賽獎牌，也是香港 Kata 史上第一面世界
大學生錦標賽獎牌。

2015 年第一次取得世界一級空手道超級聯賽金牌

　　2018 年世錦賽奪得銅牌，也是香港隊歷史性第一面世錦
賽獎牌，自然十分難忘，整個空手道隊都非常興奮，在眾人的

支持及見證下發生這件事，我至今仍很記得當時的畫面。

2018 年取得個人及香港首面世錦賽獎牌

當賽事遇上 COVID

2020年，因為 COVID 令東京奧運押後，準備應戰的心態跟之前完全不同。經歷 COVID 那年停賽，由本身還有三、四個月就要參加奧運，到突然間多出了一年時間。當日聽到押後的消息，腦內一片混亂：「那我15分鐘後的練習應該要做什麼？練基本功、Kata 還是體能？」一下子整個計劃被打亂了！

突然多出一年空檔期，不知如何是好，每天都提心吊膽，恐怕會發生什麼事情影響自己參加奧運，為了順利參賽，要時刻照顧好身體。由經歷 COVID 到正式參加奧運，我深知這很可能是唯一一次參加奧運，就算不是唯一一次奧運會有空手道項目，也很可能是我的職業生涯裡唯一一次的奧運，我該如何調節自己而不至於後悔？

我不想後悔，想好好享受奧運的每一刻，因為這個比賽的賽制不是幾個月後、一年後，或兩年後會有下一站，由準備、到收到物資，到真正出發，每步都得來不易，我在飛往東京的航班上寫了一封信給自己，好好記錄當刻心情。抵達奧運村後，每一步我都格外珍惜，因為我知道這是一生人只得一次的機會，到最後奪得銅牌，畢生難忘。

珍惜奧運村的每件事物及每分每秒

　　另外，2020年因為COVID令所有賽事停擺，2021年有些
比賽開始復常但仍然受到不少限制。記得12月亞洲賽，由美
國出發，一早買好機票，簽證亦早已辦妥，所有事情準備就緒。
直到有一天，香港總會教練傳來一則消息，但因為時差關係，
我在美國起床後看到時，時間已非常緊迫。原來持香港特區護
照的人如不能在12月5日前抵達哈薩克〈比賽場地〉，便會封
城無法進入。收到消息時是12月3日，突然要在5個小時內重
新安排機票及收拾行李，非常混亂及趕急，最後趕及在限期前
抵達哈薩克，是非常倉猝的一次經歷。

天時地利人和

及至 2022 年，第一次參加世界運動會，玩法、賽制也大不同，我個人覺得世界運動會取得資格的過程不比奧運容易，其比賽制度甚至比奧運更難。因為空手道比賽的制度很多時都是雙銅牌制，但世界運動會只有一面銅牌，所以相對來說比較有壓力。加上出發世界運動會前大病一場，膊頭有傷患，心情很忐忑。明明之前狀態很好，偏偏在出發前一星期身體不適，出拳不順，可能是因為心情緊張壓力所致。因為是首次合資格代表香港出賽，知道自己有能力奪得獎牌，很想去實踐這個目標，以致比賽前內心有很多不安。

特別想提提世界運動會的熱身場地，我一直在美國邁阿密練習，這是一個很炎熱的地方，熱起來場地內比街外更高溫，凍起來又會比外面更冷，我常常感覺猶如置身焗爐內。恰巧這次世界運動會是在美國舉行，熱身場地的冷氣是吹熱風出來，很多選手都不習慣，但對我來說卻越熱越好，因為一直慣了在「焗爐」內練習，滿頭大汗，所以比賽環境及氣溫都非常配合我。由小到大我都知道，只要自己出一身大汗就能發揮得很好。我見其他選手不斷進出熱身場地到外面涼冷氣抖抖氣，無形中令我得到優勢，故此十分難忘。

2022年世界運動會為港隊取得首面空手道獎牌

打破日本選手壟斷局面

2023年最值得一提的是亞洲錦標賽，在決賽時打敗日本勁敵清水希容，第一次得到「亞洲冠軍」這個名銜，歷史性封后。一直留意我比賽消息的人都會熟悉「清水希容」這個名子，她是兩屆世界冠軍，亦是奧運銀牌得主，能夠擊敗她我覺得很開心，在賽事中戰勝她而得到這面金牌是最光輝的事。不單是因為得到「亞洲冠軍」這個名銜，也不單是因為在決賽打敗日本選手而得到這個名銜，而是因為由第一屆亞洲空手道錦標賽開始，女子Kata冠軍這個位置一直都是日本選手的天下，原來已被她們壟斷整整30年。

2023年亞洲空手道錦標賽力壓日本勁敵首奪亞洲冠軍

獲判勝利一刻，我非常激動。

　　最初我對此並不知情，是在比賽後很多人前來對我祝賀，其中一位朋友告訴我：「你知道你打破了她們的壟斷局面嗎？從未試過有日本以外的選手奪得女子Kata冠軍這個寶座！」之後我再上網做資料搜查，原來打從1991年第一屆起，亞洲錦標賽一直都是由日本選手奪冠，所以今次對亞洲空手道而言是一件突破性大事件。

　　我很滿意當日自己的表現，在緊張時刻懂得調整心情去面對，也很感激裁判對我的認同。始終Kata是一個由人去判決的賽事，裁判很容易play safe。以前大家都會這樣說：「日本選手站出來，裁判已有半隻手舉旗判她們勝出。」事實上人人

都主觀，而日本是Kata王國，大家自然會認為他們派出的選手不可能太差，所以當其他地方的選手知道要面對日本選手時都會心知不妙，覺得很難打敗。

回美訓練時慶祝

Training partner 送給我的相架拼圖，我將獎牌放進去好好保存。

遺材賽成消極策略

提起日本選手，想到在2017年也有一件非常難忘的事。有一個系列賽的奧地利分站，用舊賽制、即淘汰制，要比拼六、七場，選手們抽籤分成紅帶或藍帶，兩位選手各自表演套拳後，五位裁判各手持一支紅旗或一支藍旗，舉旗判定勝負。記得最後三場比賽，八強對日本三線選手，四強對清水希容，當時她是世界冠軍一線選手，決賽對二線選手大野光，這是我其中一次成名作。

話說以前有遺材賽，敗給爭入決賽的選手後，你便有機會爭取銅牌。常見策略是用很強勁的套拳打敗一批二三線選手，之後用相對較弱的套拳面對強敵例如日本，敗戰後再保留實力在遺材賽爭取銅牌。當時有一位跟我合作了一段時間的克羅地亞女教練跟我說，希望我在面對日本選手時不要放棄，不要用一套難度較低的Kata去對決，以我目前的水平，可以嘗試挑戰日本選手，不應再讓她們如此輕易晉身決賽，被她們壟斷。

在日本選手身上學到的事

事實上，我之前亦試過用上述很普遍的消極性策略去比賽，放棄對日本選手那場，爭取入遺材賽，但眼見日本選手是

用強勁的套拳來跟我比拼，這個現象說明了什麼？就是在我放棄的同時，對手覺得我是一個威脅，並沒有看輕我去打，那為何我還要看輕自己，自覺沒有能力爭金？為何獲得銅牌就很滿足，不用盡全力去爭取更高名次？

我在日本選手身上學到的，是不要看輕自己。

所以2017年我決定放手一搏，不再採取消極策略，在八強時面對三線選手那場，我滿有信心，因為之前曾經擊敗她，最後順利5比0勝出；到四強面對清水希容，我使出最強勁那個套拳跟她比拼，如果輸了，我就只剩下一套不太理想、不是最有信心的套拳可以用。

當時我確實有所卻步，但心想如果今次不嘗試去爭取，難道在亞洲錦標賽、世界錦標賽這些大賽時才嘗試？這些系列賽，今回完結，兩、三個月後又有另一站，沒什麼大不了，輸了便下次再來。最後接連擊敗三名日本選手，更打破清水希容84連勝不敗記錄，震驚了整個場館內外，包括世界空手道聯盟。那次比賽受到傳媒廣泛報道及網上轉發，令我一下子人氣急升，多了很多人認識，包括日本人，成為一時佳話，所以説這是我人生一個很重大的轉捩點。

在2017年 Series A 連贏3位日本選手取得金牌，更打破清水希容84連勝記錄。

等待最好的時刻來臨

那次賽後訪問，我跟傳媒分享了早前跟克羅地亞女教練的約定。一直以來日本壟斷決賽席位的局面，是其他選手拱手相讓所造成，因為其他選手選擇不去挑戰她們，「未打先投降」。當然裁判亦是其中一個重要因素，裁判會感覺到其他選手有沒有盡力迎戰，當你沒有打算勝出，又如何說服裁判去判你贏呢？這就是心態的重要，我在訪問中表示希望日後大家遇上日本選手時，也能用最好的表現去迎戰；如果日後我到達跟日本選手平起平坐的水平，我也希望其他選手都會以最佳狀態去挑戰我。

這個系列賽之後一站是沖繩，我沒有參加，因為正值休假，只作為席上客觀賞賽事。當見到有選手用自己最好那個套拳去跟日本選手比拼時，即使最後仍是落敗，但起碼給日本選手一個威脅，亦讓大家知道兩者差距並非如想像般大。

近年比賽經常遇上日本對手，但很多時都贏不過。記得有一年，我在每一站超級聯賽都奪得銀牌，但明明很多人都覺得我的表現較佳。當面對一個高水平選手，雙方都用盡全力，即使輸了我都會深感佩服；但有時明明對方表現較差，卻仍然每次都勝出，真的會令人十分氣憤。不過沒有什麼事情可以

做，只可以繼續將我的優點強化，改正我的缺點。

直到2023年亞洲錦標賽，我終於在決賽勝出打敗清水希容，我覺得是命中注定。之前有好幾站的超級聯賽跟清水希容對戰都落敗，經常以4:3負給她，總是「爭少少」。到亞洲錦標賽勝出那刻，可說是最佳時刻，「你寧願在超級聯賽其中一站打敗她，還是耐心等待到亞洲錦標賽打敗她而成為亞洲冠軍？」這次戰勝日本選手，可說相當合時。

宿敵還是朋友？

通常我的宿敵也是日本人，要成為朋友首先要能夠交談，語言是一個很大的障礙，我不太懂日語，雖然空手道是日本的國術，不多不少也會懂一些日語，但不可以很流暢地對話。相反日本人很喜歡跟外國人溝通，她們會學習英語，而能夠跟我交朋友的日本選手，其英語水平也是不錯的，大野光都是我的朋友。

另一個久休復出的日本選手，我們也曾在賽場交談超過一小時，因很久不見有很多話想說。她說參加空手道比賽的生涯很短暫，但往後你還是會繼續練習，現在因為比賽認識到這個圈子的朋友，這份友誼才是長久。在賽場上確實會看到人生

百態，有些選手因為知道比賽生涯很短暫，所以只在乎眼前短暫的事——成績，不在乎有沒有朋友；有些高水平的選手也是這樣，她不會在這些場合交朋友，故這些人都跟我合不來。

誰說賽場無朋友？我就收穫了滿滿的友誼。

〈左〉Kiyuna Ryo，奧運冠軍及四屆世界冠軍，於2012年認識。
〈右〉李嘉維，前香港代表隊成員，現任香港隊教練，是我在香港隊其中一位好朋友。

面對生病和受傷

在職業生涯中，生病、受傷在所難免，其中一次比較難忘的是2015年亞洲錦標賽，在出發當日不適，開始喉嚨痛，抵埗後更發燒、感冒、失聲，但兩天後就要比賽。我已深知不妙，運動員往往為比賽備戰多時，最可惜就是因病或受傷影響表現。比賽在早上9時開始，我記得當日清晨4時起床，在走廊開聲，最後勉強應付過去。其實這也不是第一次帶病上陣，所以長大後越來越成熟，會更懂得照顧自己的身體，做好飲食

控制及保溫。試過兩次在法國比賽後去吃生蠔然後食物中毒，其實這些都是可以避免的。

另外一次是跟奧運有關。本身2020年4月有一站在摩洛哥，是最後一站計算世界排名的分數，然後統計奧運資格分。但因為COVID而取消，押後至2021年4月葡萄牙站後正式截止儲分。我在奧運前參加的比賽，就是這場，再之前作賽已要數到2020年3月，即我有一年零一個月沒有作賽，再出來參加就是最後一站的積分賽。

當時難免緊張，一年後不知道大家的眼光會否不同了，不再喜歡看我的表演。當時不斷push自己，可能迫得太緊，大約在出發前十天，練習時拉傷大腿肌，這個傷患足足纏繞我差不多一年。當時總教練有提出過不容許我參加2021年4月這個比賽，可能他忘記了這是最後一站的積分賽，它可以影響我沒有種子及沒有排名。如果跌出排名，就要參加同年6月在巴黎的資格賽。4月的積分賽我只要取得第三就有足夠分數參加奧運；如果不參加，就要在6月的比賽爭取獎牌入奧運，感覺自己無故放棄了一個大好機會。

當時總教練的提議完全是基於我受了傷，但作為運動員我自覺可以撐得住，大不了依靠藥物，我知道自己做什麼動

作會痛，可以調整，避重就輕，Kata就是在自己控制範圍內做一個表演。我跟教練商量，當時他態度比較強硬，但當我提醒他這是最後一站積分賽時，他只好迫不得已地同意，之後馬上安排很多訓練及接受治療，到7月奧運時仍然帶著這個傷患去作賽。

現在回看，奧運比賽當日不是我最好的表演，但已是我當日最好的表演，在忍受痛楚下發揮，已達到當日的100%。我很記得之後整年比賽，每次比賽前一晚都要靠服藥挺過去，很是困擾。

爭取參加奧運 比奧運更難

雖然奧運比賽往往最受大眾關注，但對我而言難度不算最高，這是事實。由2018年9月到2021年4月，儲積分去爭取奧運資格才是最困難。可知道要合資格出戰奧運只有十個席位，首四個靠世界排名進入，另一個是日本主辦國那位，兩個來自洲際補底名額或三方委員會邀請，還有三個是2021年6月在巴黎資格賽出線。我是靠世界排名入圍奧運，當時看排名知道自己是有奪牌機會。

本身世界排名我是第四，但最後我是用排名第三躋身奧

運，因為排名第二是日本那位，她用主辦國席位入圍。第一是西班牙，第二是日本，第三是意大利，第四是香港，當時這四名選手也是 2018 年世界錦標賽四強。如果往後幾年沒有其他選手突飛猛進，可以預視到奧運獎牌也是由這四個人去爭奪，所以知道自己是有機會的。

還有我們經常覺得日本選手水平很高，即使是二、三線的選手，也很有可能打敗其他國家的一線選手。所以對我們而言，如果該比賽每個國家或地區只可派出一名選手，那相對而言會比較容易。例如超級聯賽或 Series A 這些比賽，一個地區可以無限報名，就代表可以派出多於一名日本選手參賽，對其他選手而言相對困難，預計四強時日本將至少佔兩個席位。

而在分析客觀數據後，知道自己在奧運是有很大機會奪得獎牌，但一場 COVID 令所有比賽停擺，事隔一年不了解對手水平的進度。就如意大利選手，本身水平很高，但在 COVID 期間遇上交通意外導致腳部受傷，令她在比賽時無法重回昔日的高水平表現，幸當日她的表現亦足以令她奪得一面奧運銅牌。

我覺得在累積奧運積分那兩年多的時間，難度甚高，過程中有很多高低起跌。明明自己在 2018 年衝得很好很順利，

但2019年突然轉比賽制度，試過跌至很差的成績。由2018至2019年也是用盡全力去爭取分數，2018年開始儲分，覺得自己有機會入奧運，但同時有機會的人亦很多，不只四個，真的要很努力才能跟其他人拉開距離，增加自己穩奪獎牌的機會。及至2019年有點迷失，因為成績突然一落千仗。

所以令我感受很深的是儲積分入奧運的過程，一年進行十多個比賽，休息時間很少，現在亦不會如當年般經歷如此頻繁的賽程。每飛抵一個地方完成一個比賽並取得獎牌後，都沒有完結的感覺，一直看著分數累積及各個選手的走勢，直至2021年4月截止計分那刻，才可鬆一口氣。

Chapter 5

成名之後

Chapter 5 ——————————— 成名之後

　　因為經常不在港，即使奧運得獎後備受關注，生活也沒有受到太大影響。奧運後留港一段短時間，多參加了一些商業活動，因著東京奧運後兩個月又有世界錦標賽，所以很快便返回美國做準備及練習。我是一個以比賽為首的運動員，我的工作是比賽，需要很多事前準備，即使獲得奧運獎牌後收到很多邀請，不論是分享會或其他工作機會，也只會選擇性參與。

奧運得獎後參加了一些公開活動，圖為賽馬會邀請表演。

　　當時哥哥對我說，街上經常有人認得我，我才恍然大悟，不敢相信。有次在手機平台call車，「用家」一方顯示了我的名子，上車後只顧跟哥哥交談，下車時司機問我是否劉慕裳，

然後準備了卡紙及筆給我簽名，說很欣賞我，收到這個order時已提前準備。我很感謝他的支持，沒想過回港後會發生這種情況。

原來我能夠啟發別人

另外我留意到一件事，就是大家覺得我的經歷很有啟發性。對我來說，我只是參加了一個比賽而這個比賽名為「奧運」，我亦只是在這個比賽中得獎，然後知名度就提高了很多，我不知道為何會這樣？一直以來我的經歷或成長故事，令人覺得有啟發性的地方，並不是因為奧運才出現，而是一路走來才能登上奧運獎牌得主這個位置。此時因為受人注目才留意到我過去的經歷，對我而言，奧運得獎只是大家留意到劉慕裳的時刻。

一直以來我都很堅持很刻苦地練習，我以為這些都是很基本，否則又怎能夠挑戰下一個目標？不這樣做又怎能夠達到目標？但原來在這個世界上，「放棄」對很多人而言也是很平常的事，只不過大家堅持的事情不一樣。在奧運後我才發現，我的故事是可以影響別人、啟發別人，這是我以前從沒想過的。

能夠在人生唯一一次作賽的奧運會中奪牌，畢生難忘。

來自 Haters 的聲音

　　因著越來越多香港運動員在大型國際運動賽事獲獎，令更多人留意香港體壇發展、香港運動員的付出及成績，但在正面的事情增加時，負面的事情亦隨之而來。可能有些人很隨意地去說三道四，但其實會很影響運動員的心情。例如網上留言，大部分都很有鼓勵性，有句說話令我印象深刻：「你贏，

我就陪你君臨天下；你輸，我就陪你東山再起。」雖然看似很誇張，但令我深深感覺到他們的支持。有支持者在身邊一直期待你成功，就算有困難也能一一渡過。

偏偏有些人愛唱反調，在你勝出時會特意吹毛求疵，找一些奇怪的論點大做文章。小時候我也聽過不少：「你能勝出，是因為比賽容易，人家都沒有派出最強勁的對手。」這不是運動員可以控制的事，這些負面訊息不多不少會影響我們的心情。

亦試過在網上看到一些負評，那時我不斷在比賽中獲得第三名〈銅牌〉，事實上取得獎牌絕非易事，能夠得到銅牌我已十分高興。尤其是當時我正在儲分去爭取出戰奧運資格，能夠有足夠分數入奧運及做到差不多每一站都有獎牌，也不是一件容易的事，但卻被人「起花名」，斷定你最多只能做「梗頸三」，無法再往上衝。即使隨後在2022年取得第二，也會說你最多只能得第二，到了決賽還是會落敗，看到這些訊息真是深感氣餒。

我發覺看到負面留言的不開心，影響遠大於看到正面留言的開心。於是我選擇不再看，完全不接收有關訊息，不論是好是壞。我決定不看相關報道的留言，確實會錯過很多支持者

比賽之形，人生之型

的鼓勵，但我也很感激在我個人社交平台留言的支持者，這部分我還是會忍不住看。

曾經試過看完留言後，問自己其實正在做什麼？為何我要被他人批評？我只是一名運動員，我何嘗不想奪得金牌？我一直都給自己不少壓力，總是以取得佳績作為訓練目標。網上說話不需負責任，運動員這個行業是極具競爭性，所以一定要全力以赴做好。有時在比賽中無法得到金牌，也不代表我們一直以來的堅持及努力要被抹殺。「好似被睇死，預咗㗎啦！」但我們又何嘗不想突破這些關口？

無形的壓力與自責

曾經有一段時間，我簡直覺得在比賽中無法得到金牌等於做錯了事。記得2022年9月在阿塞拜疆參加超級聯賽進入決賽，然後在決賽中落敗。其實2022年年初超級聯賽的第一站開始已成功躋身決賽，但一直未能勝出，及至同年9月是超級聯賽最後一站，最後仍落敗，覺得自己是做錯了事。當時全部隊友特意前來支持我，就只為看我這場比賽，但最後我卻輸了。當下我向總教練道歉，他問我為什麼要道歉？說我已經做得很好，因為這是一場高水平比賽，兩位選手也有高水平發揮，比賽總有輸贏，敗方不代表做錯事。

這是一直以來外間聲音給我的感覺,「得不到金牌等於做錯了事」,令我亦不自覺這樣想。慢慢地不看這些留言,不安感覺就開始遠離,然後依舊埋頭苦幹做好練習。每次決賽都是一個挑戰,始終聯賽決賽是很難應付的,大家看到我每次都有進步,自己亦滿意表現,就算覺得應該勝出,最後賽果也是無法控制的。

直到 2023 年亞錦賽,在決賽戰勝清水希容取得金牌那刻,我依舊沒有看留言,我不想一個如此值得開心的時刻,去挑戰自己情商的底線。我知道一定仍然會有負面留言,不值得花時間去看而影響心情。所以現在即使成績好的時候,我也選擇不去看相關報道的留言。

宗教提醒凡事總有因

有句說話我經常記在腦海裡,更是我的人生座右銘:「Everything happens for a reason」,這亦令我更明白及深信宗教。所有事情發生都有原因,通常是在發生不好的事情時,體會及感受會更深。當發生一件好事時,也會明白事情為何如此發生,雖然可能沒有直接關係,但我覺得所有事情都是有關連的。

例如一件不好的事情發生，我會反問為何會這樣發生？但其實你未必需要知道原因，所有事情的發生都是為了將來更好而鋪路，我會選擇正面多於負面去想，這件事一定要這樣發生，否則之後的好事便不會來，我今天一定要面對這件不好的事。所以我相信未來一定會變得更好，屆時自然會令我頓悟今天一切事情發生的原因。

正如我一直參加超級聯賽都敗給清水希容，明明自覺某場表現較她好，但計算裁判打分時輸四比三，我只輸一個裁判的比分，為何會如此發生？但當在亞洲錦標賽決賽擊敗她時，我終於明白上天要我在超級聯賽一直學習，到亞洲錦標賽把握機會發揮。

記得亞洲錦標賽比賽當日我是藍方，清水希容是紅方，她先登場，我站在場邊是可以看到她的表演，但這樣便會十分緊張。以往如果我是藍方，我一定會看對手的表演，我想知道對方是否做得好，即使最後落敗我也想知道原因。但那場亞洲錦標賽，我沒有看清水希容的表演，當下我只想將所有能量都集中到自己身上，不想看到對方的表演後分散注意力及能量。那次很特別，完全活在自己的世界，沒有理會任何人。有一刻我轉身對著清水希容，她正在表演，我突然間變得很緊張，心

跳加速，於是馬上轉身別個臉背對她，再調整自己的呼吸。然後當覺得自己一切回復正常，便站上舞台表演，結果終於勝出。

相信自己可以走得更遠

往往要到好的事情發生，人才會明白為何之前一直發生不好的事，或許有人會問：「如果一直都沒有好的事情發生怎麼辦？」那是因為你一直不相信會有好事發生，當然不會有好事發生。我相信整個世界的人和事都有能量依附，如果你不相信或懷疑，那件事便不會發生。你要堅信，相信自己未來會更加好，今天的遭遇是為了更好的未來，相信自己會成為亞洲冠軍，相信自己會成為世界冠軍，那麼能量才會被吸引過來。你可以用努力去改變未來，這就是宗教給我的力量，以至最終都能順利跨過每個難關。

宗教亦令我明白這個世界每天也在變，每一句說話、每一個行為，都足以影響這個世界原來的模樣。簡單而言，一些既定的事是可以改變的，你只需要努力、堅守信念，向目標進發，絕對有機會改變世界，這對我的人生及事業都有很大啟發。「日本必勝？」這好像是既定事實，但不一定，世界每天都在變，你要做到最好，不讓自己後悔，可能最終還是日本

勝出，但是是你拱手相讓容許日本勝出，還是已盡全力拚搏無悔，是有天壤之別！

Everything happens for a reason，宗教給我的支持和啟發，源於這句說話，我很想將這個想法傳揚開去，因為有時看到隊友在訓練或比賽時感到迷惘及掙扎，不知如何面對，或人際關係上遇到難題，這句說話可以作為很多事情的解釋。從中你要學懂如何面對，但至少給你一個願景，未來是會更好的，改變一個人當下如何處理問題的心態。當心態有變化，懂得以正面態度去處理時，接下來發生的事便不會那麼差，因為你已從擔心和疑問中，轉變成要在經歷中學習，未來才能站得更高、走得更遠。

勝出比賽後的慣例

不少人都想知道運動員勝出比賽後的獎金是否可觀及足以維持生計，其實世界空手道聯盟發放的金額都是一些透明度高的資訊，在網上也可查到，例如空手道超級聯賽、Series A那些獎金只是足夠幫補自己出錢前來比賽的人，就算有也不多；而亞洲錦標賽及世界錦標賽是沒有獎金的。

至於生計，要視乎是哪類運動員，奧運與非奧運、體院

與非體院也有所不同，不同成績也會不同，難以一概以論，差距可以很大。要視乎那位全職運動員的級別，還要看他對生活質素的要求。我現在是體院獎學金運動員，收入是來自體院，作為全職運動員維持生計是沒有問題，因為無論練習及衣食住行都有體院支持，如沒其他額外開支是可以「淨袋」的。

通常在超級聯賽或 Series A 勝出比賽後大會會即時發放獎金，以超級聯賽為例金額為銅牌 250 歐，銀牌 500 歐，金牌 1,000 歐。無論是哪個名次或金額，我都有一個慣例，就是請最相熟的隊友們進餐。為何有這個習慣？不記得從何時開始，請朋友吃飯後，下一次比賽又會順利勝出；但有一次趕著離開，沒有時間請食飯，接下來的比賽就輸了！說起來可能有點迷信，但已成了習慣，將比賽獲得的即時獎金「萬歲」。

Chapter 6

走過高低起跌

Chapter 6 ——————— 走過高低起跌

2018年是豐收年，出戰十多個比賽都有獎牌，贏過清水希容，贏過西班牙當年的世界冠軍Sandra Sánchez，更是在決賽勝出，我會形容當時簡直勢不可擋。不停衝衝衝，到2018年底，取得第一個世錦獎牌後，便訂下更高目標，希望衝得更遠，對自己有不一樣的期望。

然而到了2019年轉制，由裁判舉旗改為計分制，本以為不會帶來太大影響，甚至更有利，但突然成績急轉直下。試過在第三輪小組賽以第七名完結，連銅牌戰亦進不到，或者連第三輪也上不到，以第11名完結賽事。明明自覺表現跟2018年沒甚差距，為何2018年底世錦奪獎，兩三個月後的2019年初卻突然一落千仗？當刻非常沮喪，不明所以，真的不禁要問一句「到底發生過什麼事？」

改變風格 尋求突破

我唯一可以做的，就是繼續不停練習，修正問題，對症下藥，透過練習找出問題所在。我向總教練提出想到日本訓練，嘗試學習另一種風格的Kata，希望以另一種方式重新吸引裁判眼球。

2019年在日本學習一套用傳統手法去演繹的Kata，會看

得出 Kata 上的變化。現代版和古流相比，古流的難度較高。當時我覺得如果我能夠做到那些高難度動作，應該會有更多人欣賞，但事實上那些動作難度很高，我需要一一克服，這就是我的目標。當時開始去練習古流的拳，算是轉型。現在回想我沒有後悔轉型，每個階段都有新事物讓我學習，令往後的進步更大，我相信每件事物身上都有值得學習的地方。

如果我只是單純地反問，我跟以前演繹一模一樣的套拳，為何會輸？再下次比賽又是這樣，那那何不去嘗試一些新的東西，或許會找到答案，看是否裁判厭倦了我之前的套拳，看能否給裁判看到一些新的東西，看到不一樣的我，不一樣的表達方式。用古流去演繹套拳，或會令裁判覺得很有味道，很特別，然後重新給我打高分數。

因為 Kata 是人判的項目，相當主觀，你拿捏到裁判想要什麼，就能成功，但在場有七個裁判，除非他跟你說喜歡什麼，然後照著做，但這是不可能的事。要滿足一個人已經難，要同時滿足七個人可謂難上加難，七個不同的人有七種不同期望，對力量、節奏、速度等都有不同要求。所以 Kata 比賽是方方面面也要兼顧，然後再想辦法突出自己的優點。

至今我仍然運用 2019 年在日本所學到如何運用身體的方

式去演繹Kata，這個方式是可以應用到不同流派的套拳上。我們經常說，Kata不應該分流派，如果技術夠高超，不同東西也可以融會貫通。

無論勝敗 還是要繼續生活

作為運動員，面對一次又一次的挑戰及失敗可說是等閒事，如何時刻提醒自己永不放棄？我認為最主要時刻謹記目標是什麼，無論那次挑戰是成功還是失敗，都已經完結了！我經常提醒自己，如果輸了比賽，最多不開心兩天，如果勝出比賽，最多也只能開心兩天，之後就要繼續向前走，生活仍是要繼續，下一個比賽仍在等著我，訓練還是要持續進行。我不容許自己過於沉溺在勝敗的情緒中，人總要面對現實繼續生活。我會以邁向將來的形式堅持下去，朝下一個目標奮鬥。無論輸贏，過程中都有很多東西學到，但往往在輸的時候，學到的會比較多。

在2023年勝出亞洲錦標賽時，我意識到自己的心態，在比賽後有點過於放鬆。當年7月勝出，其實9月就有另一個比賽。在面對9月的比賽時，我認為我的拳法已獲得裁判認同，不知道該如何改進，所以顯得有點放鬆。反之如果輸掉比賽，例如獲得亞軍，便會在雞蛋裡挑骨頭，認為有些地方可能是裁

判不喜歡的。輸的時候很容易處理，可能是慣了落敗之後去調整心態；其實勝出比賽後也需要調整心情，將自己歸零，重新出發，為下一個目標奮鬥。

萌生退役的念頭

2023年也面對另一個問題，在世界空手道錦標賽首度闖入決賽，又在亞洲空手道錦標賽打敗清水希容成為亞洲冠軍，為香港刷新紀錄，成績令我十分滿意，有想過就此完結運動員生涯亦不失禮。但當完成世界錦標賽後放了一個很多年都沒有放過的假期，一個非常休閒的行程，每天都是食和睡，我竟然覺得很無聊，雖然事實上我真的需要休息。

當時我問自己，其實我還有沒有目標想去追求？我是亞洲冠軍及世錦進入決賽，很多人都跟我說將來很大機會成為世界冠軍，如果此刻就停下來，我是否心滿意足？原來我還有目標未達到，就是很想擁有金邊袍。現在比賽的袍，膊頭位是用紅或藍色線綉上品牌，而金邊袍則是用金色刺繡。

世一不等於世界冠軍

取得金邊袍有兩個方法，一，是在世界錦標賽奪金，成為世界冠軍；二，是在超級聯賽各站累積最高分者，成為

Grand Winner。我想以哪個形式取得金邊袍呢？最快方法就是成為 Grand Winner，因為 2024 年超級聯賽會在上半年進行，只要首六個月「搏盡佢」，便有機會於 2025 年超級聯賽穿上金邊袍參加超級聯賽。

2024 年初傳來喜訊，我在世界空手道聯會公布的最新世界排名中首度升上第一，這排名提醒我要繼續努力尋求突破。不過世界排名第一不等於世界冠軍，我還未取得金邊袍，仍要努力成為 2024 年的 Grand Winner。

金邊袍是跟一世的，但不代表你每次比賽都可以穿著，假如我在 2024 年完成所有超級聯賽而成為 Grand Winner，那明年即 2025 年再參加超級聯賽時，便必須穿上金邊袍作賽，但在亞洲錦標賽及世界錦標賽不可以穿金邊袍。如果在 2025 年沒有連任 Grand Winner，到 2026 年參加超級聯賽時便不可以再穿金邊袍。而世界冠軍的金邊袍也是同樣道理，只可以在來屆的世界錦標賽穿上作賽。

「劉慕裳課室」寶貴的一課

2023 年亦有一件值得光榮的事情，很感激母校將其中一個課室以我的名字命名。當日我在命名禮上表示，作為運動員

經常發放很多正能量給大眾，亦很想只發放正能量，加上我個人喜歡「報喜不報憂」，我覺得受傷或病倒無須放上網跟人分享，何必令人擔心？所以自己比較偏向分享開心事，不喜放負。通常大家都是看到運動員如何奮鬥，遇到困難如何堅定繼續向前。當日我罕有地分享最近發生在我身上的一件事，令我跌入一個很失落的情緒。我希望透過這件事告訴師弟妹，出現這些狀況是沒有問題的，很多運動員也曾經歷過，無須覺得是天塌下來般嚴重。

母校其中一個課室以我的名字命名，感到十分榮幸。

事情是這樣的，在2023年亞洲錦標賽，我在決賽打敗清

水希容成為亞洲冠軍。3個月後即10月初的亞運會，當時自覺亞錦金牌是很大的強心針，好讓我在亞運再展光芒。比賽當日可謂準備十足，發揮亦非常好，但最後因為賽制沒有種子，世界排名最高的兩位，即我跟清水希容，被抽中在同一邊作賽，未到決賽已經要定生死。最終我只得奪得銅牌，很多人也不明白為何賽果會這樣！

由媽媽親手製作的人偶，加上一位澳門好友送贈的
「得」字鎖匙扣，跟亞運會銅牌合照以示「安慰」。

如果只是家人及師父跟我這樣說，我會覺得他們有偏好，不夠公平，不會盡信；但當其他不同國家的選手都認為比分不合理，甚至其他裁判也覺得賽果不合理，這確實令我很沮喪。為何在亞運會有些項目有種子、有些沒有？奧運、世界賽、亞洲錦標賽也有種子，偏偏亞運沒有種子？「這會令到很多名高手在分組賽『炒埋一碟』，情況有少少預期之外」，賽後我是這樣回覆傳媒訪問。心裡十萬個為什麼，種種不明不白，對我造成很大打擊。

不一樣的亞運會

　　其實早在抽籤時已有好幾個地方包括香港隊的教練對此有意見，但最後總委會還是決定沒有種子。雖然例書說賽制是依照世界空手道聯會，但我仍是滿腹疑問。亞運會經常會出現「特別狀況」，賽制不清晰，是小組還是淘汰賽形式？又例如比賽的袍分為紅邊或藍邊，但亞運會有時又要求穿全白袍並限制徽章數目，以至亞運會總是有「例外」，選手們要特別為亞運會做準備。

　　我經歷了兩次亞運會也是如此，記得 2018 年那次亞運會對袍的徽章限制非常不清晰，出發前兩天才知道上身加下身只限兩個徽章，「臨時臨急」自行用針線挑兩個徽章，前後花上

六小時。就是因為例書內容可圈可點，選手們收到的消息總是不明確，大家都意想不到會沒有種子。不過無論如何，我也會尊重比賽，不會罷賽，始終是四年一次，選手們無非想在賽場上表現自己的訓練成果及爭取獎牌，不可能白白浪費機會。只是真的沒想過當所有比賽都分種子時，亞運會仍然是一個不分種子的比賽。

賽後我也有說過，無論最後是日本選手勝出還是我勝出，大家都會認為賽果不合理。因為如果日本選手在準決賽敗給我而落入銅牌戰，以她的實力也絕對不只值銅牌。我想帶出的訊息是我和她都值得進入決賽，而不是一個入決賽，一個爭銅牌。

陷入嚴重情緒困擾

亞運會結束後一天我就開始生病，病倒差不多兩星期，然而在亞運會兩星期後，又要展開10月底的世界錦標賽。當時可說十分關鍵，只有兩個多星期去調整身心迎戰。我不相信可以在如此短時間內調整及改進技術，但心態很影響我如何面對世錦賽，而當時我會形容自己是「一灘爛泥」⋯⋯

我完全處理不到自己的情緒及身體狀況，對於亞運仍然

存在很多問號，從未試過有如此強烈的感覺，即使再三翻看比賽片段，也有同一個問題：「我為何會落敗？」事情已經過去了，我卻仍然堵塞在那個關口。

原計劃在亞運後回港休息兩天再飛赴美國練習作最後調整，然後出發前往世錦賽場地〈匈牙利〉。惟完成亞運後翌日我跟總教練表示不想回港，我想直接返回美國。最初打算回港小休，見見家人，舒緩心情，但我覺得當下沒有什麼可以舒緩心情，唯一可以做的就是等待時間疏理情緒。我不想見人，不想浪費時間適應時差，內心充斥著不安難過的情緒。

當回到美國時仍然病重，雖然只是普通傷風感冒，但我很清楚知道是被情緒影響身體狀況。返回美國後我嘗試找回練習的動力，當時我跟隊友坦白說，今次亞運令我很沮喪，我不想再練習，晦氣說只想在床上睡足兩星期，到匈牙利才練習好了！我知道身體已準備就緒去比賽，不會因為這兩星期而忘記有關技術，也不會因這兩星期而突飛猛進，因此顯得非常頹廢。我覺得就算花很多心思練習，表現有多好，有多令自己及其他人滿意，偏偏就是得不到某幾位裁判認同，那我為何還要承受如此高壓的訓練？我一向付出很多，自然期望很高，希望回報是公平。

迎來決堤一瞬間

雖然我不想去練習，但也有嘗試回復練習。有一天在道場坐下休息時，抬頭看到一個相架，是我在亞錦賽拿金牌時的相片。我定神望著那個相架，開始痛哭起來，我想是源於內疚。我相信所有事情發生都有原因，但為何此時此刻卻如此固執，只不停問為何亞運成績會這樣？為何我在亞錦賽勝出時又不會去問為何？

贏的時候說天注定，所有事情都會在最好的時候發生；輸的時候又為何不用同一信念去想？當下突然覺得很內疚，希望得到寬恕。自己竟然只可以接受贏，我又不是沒有輸過，之前也會繼續奮鬥做調整，為何今次亞運會這樣？如果我相信「Everything happens for a reason」，就應該應用到所有事情上，不應該輸打贏要！於是我祈禱及道歉，覺得自己很不懂感恩，開始意識到問題所在，慢慢地就對事件釋懷。之後兩三日練習進行得非常好，很亢奮，覺得準備十足去比賽，誰知不小心弄傷腳趾尾。自己逃避多時，最終被那張相片「點醒」，回復狀態，卻又突然弄傷。

起初我以為是純粹扭傷，頭幾天沒法穿鞋，不能走太多路，要行也要赤腳行，只好不停服止痛藥，最後回港照X光片

時才知有裂痕。比賽前我依舊練習，將第四及第五隻腳趾貼在一起，又去做物理治療。我跟治療師說，如果真的發現腳趾斷了也不要跟我說，雖然很痛，但請盡量嘗試幫我減輕痛楚。因為即使斷了我也要參加比賽，所以我情願不知情，幸最後在世錦賽發揮得也不錯。

我想表達的是，即使去到我這個水平的選手也會有質疑自己的時候，質疑到連身體也跟著不適，意志消沉，不想練習，只想耍廢，我一樣會有這些極端情況出現，最終也是要靠自己清醒走出來。那張相片每天也掛在道場，當下看到突然醒覺，每個人也有機會經歷這些階段，世界級水平的運動員一樣會鑽牛角尖，有這些情況並沒有問題，就讓自己沉澱一下，調整心態。深知技巧上已準備，最重要是調整心態，因為會很影響表現，一切取決於自己的心態，因為心態影響健康、表現、動力，只要一鑽牛角尖，沒人可救你，要靠你自救，慶幸這次我能及時自救。

Chapter 7

我的人生導師

Chapter 7 ——————— 我的人生導師

我人生遇過兩位重要伯樂，第一位是對我影響深遠的勁民師兄。前文提過小時候有三星期惡補備戰青少年賽，就是勁民師兄幫我練習。隨後數年他一直協助我，記得當時參加團體形，我們三個女選手一起出賽，講求合拍度及隊形整齊，也是勁民師兄負責帶領。他是前香港代表隊成員，是我的學習榜樣，當時我很想像他一樣加入港隊。他很照顧我，很有心機教導我每個動作，一起研究哪些動作及套拳適合我。他又無私地將自己訓練學到的東西帶回來教我，跟我分享。因為當時我只有12、13歲，未有資源及能力加入代表隊去得到更多資源練習，所以他絕對是有份栽培年少時期的我。

2018年勁民師兄跟家人往日本旅行，順道買了一隻水杯給我，上面寫著「Tokyo 2020」，他祝福我可以合資格去代表香港參加奧運。其後我在奧運村也特意買了一隻水杯，回港後跟師父及師兄師姐聚餐慶祝時送給他。他收到水杯後記得自己亦曾送水杯給我，我自覺這件事十分「首尾呼應」。

磨練意志日本行

第二位是日本師父井上慶身，我在2011年第一次找他訓練，他在2015年過身。雖然這段時間不算長，但他教導及啟發我的事情令我畢生受用。由最初一位未冒起的運動員，到嶄

露頭角，正正就是這個萌芽時期。他那位日本女學生宇佐美里香及委內瑞拉男學生Antonio Díaz，都是世界冠軍級人馬。跟他們一起練習，親眼見證這位女學生登上世界冠軍寶座，心態及意志是如何一步步磨練，獲益良多，往後我亦再沒去過一個地方訓練是需要用上如此堅韌的意志力。但因為有日本這個經歷，日後其他訓練的辛苦程度無法相比，彷彿已經將我的意志磨練到極點。雖然很辛苦，但各人也很開心和享受。井上師父經常提醒大家要笑，他亦很喜歡跟大家開玩笑，很歡樂很有趣的一位伯伯，跟以往日本老年人給我的印象大大不同，彼此猶如一家人。

在日本跟前世界冠軍宇佐美里香一同練習

Antonio Diaz 是其中一位我非常欣賞的前輩

　　他離世後，我也有找宇佐美里香練習，她已退役，但繼續承傳師父的技術。我記得在奧運奪牌後，一直很希望帶同獎牌到他的墳前拜祭他，但因為COVID而一再延後。及至2023年6月在日本有比賽，自己安排了參加四個訓練營跟四個不同師父練習，其中一站安排到鳥取練習，順道帶同奧運獎牌去拜祭井上師父。雖然在日本的訓練時間不算長，但對我的起步有很大幫助，亦令其他人開始留意到有我這位選手的存在。

攝於2014年，井上慶身師父來港教授。

值得借鏡的前輩

　　另外我亦深受兩位運動員啟發，第一位是我的好榜樣
——Antonio Díaz，他是男子Kata選手，兩屆世界冠軍，來自
委內瑞拉，現已退役，2018年受港隊邀請成為客席教練，跟
我一同出席亞運會。我是一個比較急性子的人，相反他是一個
很冷靜的人，說話輕聲，很放鬆的一個人。他經常面帶笑容，
我則習慣了皺眉頭，我以為自己正在放鬆，原來也是在皺眉
頭。我跟他可說是一凹一凸。

　　記得2018年正面對一個難題，在亞運會之前失去一個在
港隊任教多年的教練。我在想，當年是很有機會衝亞運金牌或

世界賽獎牌，因當時未曾取得過任何世界賽獎牌，但突然在亞運前個多月失去教練，還可以怎樣準備？當時我有跟Antonio Díaz談及這個問題。我很開心他真的會找方法幫助我，看如何延續之前的訓練。他經常跟我說「Never give up」。我之前去鳥取訓練，他就是跟隨井上師父練習的那位男學生。井上師父經常提大家要笑，一笑身體就會放鬆，所以要常常笑。而Antonio正好秉承了師父這個人生觀，經常面帶笑容及思想正面。

Antonio Diaz暫時放下家庭來港擔任客席教練，
我非常感激他。

他在我很需要幫助的時候選擇留在香港，雖然只是短暫逗留兩、三個月，但畢竟他是一個有家庭的人，由委內瑞拉來港逗留數個月對他而言是一大犧牲，所以我很感謝他。最重要是他完全沒有架子，記得小時候我仍是寂寂無名時找他合照集郵，他也是非常親切。當有一日我在空手道界成名，他就是值得我去學習的最佳人辦。縱使我倆性格兩極，他的態度令我跟他交談時很舒服，希望我也能給別人同樣的感覺。性格影響心態，由他未成為世界冠軍，到成為世界冠軍後仍然參賽十多年，到有一年世界賽他連獎牌也沒有，他是如何去面對，給了我很好的參考。

跟 Antonio Diaz 合照，攝於 2023 年世界錦標賽。

令人佩服的女選手

另一位是Sandra Sánchez，西班牙Kata女選手，她是世界冠軍及奧運冠軍，我非常佩服她。她比較出名是年齡，她較我年長十歲，但仍然保持非常好的成績，而且越戰越勇，不約而同她和Antonio也是一個很開心的人，她比Antonio更開朗、更有童真童心，正因為這份童心令她享受世界上所有事。她很享受比賽，面對勝負亦能處之泰然，心態上很簡單。

我在2023年12月初飛到她居住的地方練習，順道拜訪她，跟她談了很多，見到她的生活可以跟空手道完全分離。我曾說過我的問題是整個人生及滿腦子從早到晚都是空手道，但她可以做到很分離，全程投入到另外的一些事情上。當有壓力時，就利用壓力去做好她這份工作；當工作時間完結，她懂得抽身去做其他事情，享受生活。她的教練就是她的丈夫，我也有將這個問題跟他們分享，他們跟我說了一個佛家故事 。

生活不能只有空手道

從前有兩個人砍伐樹木，其中一個人無時無刻、日以繼夜砍樹；另一個人每天只砍樹五小時，其餘時間回家休息。結果每天砍樹五小時的人比那個不斷砍樹的人，砍樹的數量更多。這很明顯就是在暗示我和Sandra的分別。

拍攝於Sandra家的道場

　　原因是砍樹五小時的人，他回家後會把斧頭磨利，然後第二日才再砍樹五小時，天天如是，他是用砍樹以外的時間將自己的武器磨得更鋒利，令工作更加順利；而無時無刻都在砍樹那位，斧頭只會越來越滯鈍，越砍越差。聽完後我覺得很合理，雖只是一個很簡單的故事，然而卻很有啟發性，令我從西班牙回來後茅塞頓開，不再對空手道日思夜想，不再令自己鑽牛角尖，要讓腦袋清空一下，給自己時間空間去「磨利斧頭」，放開及放鬆自己，令情緒多處於愉快狀態。

　　Sandra的比賽成績令我很佩服，她得到世界冠軍後仍不斷接受挑戰，而那些挑戰全都屬於高水平。我明白自己的年紀只

會越來越大，不可能像十年前一樣天天對自己施壓，我一定要學懂用另一個模式去訓練眼前32歲的劉慕裳，這是我從前未試過的，我要學懂安排合適的訓練，而Sandra正好給了我一個參考。她不是一位年輕選手，在她身上我可以看到應有的心態及訓導模式，令我感受很深。

世界冠軍級人馬的影響力

Sandra的說話很具力量及說服力，記得在2023年10月底世錦賽完結後，Sandra及其丈夫走過來跟我交談，他們有看到決賽，知道我的表現。當時我正在糾結於繼續運動員生涯還是選擇退役，我只可以說，跟他們對話結束後，如果我選擇繼續走下去，那絕對是因為這番對話。Sandra跟我說，其實我現在才是剛剛開始，是否剛到達收成正果的位置就心滿意足而決定離場？她覺得我還未滿足，現在只是剛開始，還有很大的進步空間。

其實我不肯定自己還有沒有機會進步？還會否享受訓練？所以才萌生退役的念頭。然而Sandra的一席話令我選擇繼續拚下去。我屬於那種很了解自己的人，但當面對一個如此有經驗及令我信任的人時，她有能力令我更相信她的說話多於我自己的感覺。這段說話對我影響最深，在她身上我學會作為一

個世界冠軍該有的想法。我也有跟現在的香港隊總教練提及過這番話，因為我也有將我內心的掙扎跟他分享過。

最明白我的人

Sandra 樂觀面對失敗，對我很有啟發性，讓我知道原來是可以這樣面對失敗及處理自己的情緒，原來可以有選擇，或者要改變性格才能學似她。在經歷那次很不開心的亞運後，Sandra 也有發訊息給我表示明白我。當其他人說明白我，我第一個反應會是：「你根本不會明，因為你不是我！」但由 Sandra 說出來，我知道她真的明白，因為她也經歷過沒有種子的比賽。

記得亞運後有一次在街上遇到認得我的市民跟我說：「亞運真的不公平，為何會沒有種子？」其實當時我已經釋懷及向前看，但反過來要安慰他：「都過去了，我和日本選手在同一邊，她也不開心的，因為大家都明白這兩個人應該要在決賽對決，得到銅牌對任何一方都是不開心，但今次是我而已。」現實中只有 Sandra 明白我感受，我覺得很安慰。

Sandra 即使取了世界冠軍，也一樣會面對 Haters 而開始自我懷疑，在自己成長的地方受到人身攻擊，非常痛心；如果跟

朋友分享，最多都是勸我不要理會；但Sandra因為同樣經歷過，所以真正明白我。

奧運冠軍的特級訓練

由於自覺仍有很大進步空間，因此在2024年初到西班牙跟Sandra及其丈夫一起練習，經歷了她當年準備奧運前的訓練計劃。我學到的不止是技術層面，而是如何在表演時控制乳酸，如何安排強度，如何增加訓練量，屬於運動科學範疇。心理上也是重要一環，當高水平選手在比賽對決、面對獎牌戰時，比拼的是誰的心理質素更強。說真的，在香港要找到一個可以完全理解我、能幫助我、明白我的人很困難，即使教練亦未必明白我怎樣想，而Sandra實際上面對過同樣情況，大家都走過同一條路，面對過同樣的壓力。記得在她的家中看她的紀錄片，實在有很多觸動情緒的情節，感同身受。

體能及技術是可以無止境追求進步，但更需要的是心理上的自信，教練則認為我是在追求完美，但我明白世事並無完美，所以我是在追求一件無止境的事，每次都希望今次比上次好。然而失誤總是在所難免，最近一次就是2024年1月在世界一級空手道超級聯賽巴黎站的準決賽落敗，打斷了我一直以來保持晉身決賽的戰績。

接受Sandra Sánchez及其丈夫特訓

無可避免地犯錯

比賽中我做了一個動作犯錯，失去平衡，在裁判準則中會被大大扣分。當下很生自己氣，明明練習時出現這個失誤時已找到解決方法，到正式比賽遇上同一位置，腦袋來不及反應去做準備。當下深深自責，連總教練也有微言，認為我心理上未百分百做好準備，兩個月來的訓練不夠好，應檢討如何做得更好。

坦白說我對自己極度失望，及後在西班牙見到Sandra及其丈夫，他們的說話令我放下。我覺得是自己犯錯，Sandra卻

說這不是我的錯，不是我刻意做出來的，有些事就是無緣無故發生。其丈夫反問：「何謂你的錯？除非你在應該訓練時沒有訓練，訓練時沒有全力以赴，這才是你的錯；但如果你問心無愧，你就沒有錯，比賽的事就讓它自然發生，輸贏並不是對錯問題，你已盡最大的努力。」聽到他們的說話後確實有點釋懷，因為比賽後幾天我仍不斷回想自己為何會失平衡，對自己深感失望，最後靠這番對話重新站起來。

「形」女有話説

Chapter 8 ──────────「形」女有話說

有話想跟父母說

　　很感激父母讓我成為全職運動員，最初他們先答應哥哥，兩年後再到我轉做全職運動員。十多年前仍然有一個很根深柢固的想法，就是做運動員無法維持生計，而父母只有我們兩個子女，要讓兩個小朋友都加入全職運動員行列，確實不容易下決定，所以很感激他們。

　　記得小時候媽媽跟我說過，以前的文化是重男輕女，所以即使女生有夢想亦不可以去追夢。到她有了自己的小朋友，她希望可以公平，不分男女，讓我們嘗試去做自己想做的事。漸漸地她見到我倆的努力，證明給父母看當日他們支持我們走全職運動員這條路是沒有錯的。

大學畢業時跟母親合照

我知道自己已令他們很驕傲，首先成為香港代表隊已不是容易的事，接著出外比賽及以年計算的經驗和傷患，才換來今天擁有的東西。我經常不在港，如果家人多埋怨我一句，怪責我為何經常不在香港陪伴在旁，肯定會很阻礙我的發展，慶幸父母從沒有說過這些話，真的一句也沒有。他們相信我知道自己在做什麼，明白如果要追趕成績，必須繼續做目前的事，亦證明選擇是對的。他們一直以來對我的信任，除了說感謝，還是感謝。

有話想跟哥哥說

可能因為性別不同的緣故，最令我開心的是我倆之間並沒有什麼比較。曾經有記者問我們，會否因為哥哥成績較佳，或妹妹成績較理想，因而心生妒忌或敵意。事實上，這種情況完全沒有發生在我們身上，我們都是真心真意為對方獲得好成績而喜悅。始終是兩個不同項目，一個男子一個女子，不可能作出對比。加上大家都看到彼此在過程中的付出，莫說羨慕妒忌，更多的是支持鼓勵。

跟哥哥相處，很容易將心底話說出來，我是一個報喜不報憂的人，但哥哥是難得可以分擔我憂慮的人，如果一件事我選擇不跟父母說，我就肯定會跟哥哥說。例如我發燒病倒了，

不會跟父母說，但會告訴哥哥，我純粹想有人知道，並不是特別想得到關心。如果跟父母說他們會很緊張，「點解會發燒？」「點解咁唔小心呀？」我不想面對這些情況，會盡量避免跟他們說。尤其當自己不適的時候，既不想別人擔心，也不想解釋太多。反之哥哥就不會這樣，只會簡單拋下一句：「咁你休息下啦！」哥哥這種較為舒服的關心模式，成為我的避風港，我倆在這方面的思維很接近。

哥哥是一個很勤力的人，如果拿我倆作比較，我們的天份和後天努力是相反的。小時候我的天份較高，卻很懶惰；哥哥天份未必如我足夠，但他後天很努力補救。這是師父用第三者的角度看到我倆的分別，再跟媽媽說的。當時我並沒有什麼目標，沒有被哥哥這種特性影響，因為我仍未十分投入到空手道中，差不多半年才回去道場兩、三次。

慢慢地當我升上成人組，驚悉人人也有天份，才明白後天努力原來很重要。我當時要開始做的事，包括靠後天努力去研究技術和分析動作，正是哥哥一直以來堅持做的事。年幼時我沒有特別要仿效他，到長大成人後懂事，才知道這點很值得學習。我覺得將以前的哥哥及以前的我合二為一，成就了今日的我。

及至近幾年，反過來到我影響他，我從跟他的對話中也感覺到，可能因為這幾年我獨處的時間較多，很多技術層面的事需要自己去觀察和分析，鍛鍊成可以很隨意去分享對空手道的見解。近幾年有些事可能哥哥未經歷過，例如奧運、世運等賽事，或在其他地方受訓時學到的技術，都會一一跟他分享討論。哥哥現在仍在練習空手道，有些知識可以幫助他，他會將練習的片段拍給我看。以前是他單方面影響我，現在是互相影響。

　　我經常聽別人說，如果是一個男一個女，兄妹或姊弟，他們的感情很少會很好。媽媽說我倆感情很好是很難得，因為我倆有共同興趣，大家都視之為未來事業發展，對自己的人生影響很大，所以大家都投放很多心機及時間，同聲同氣。

　　我記得在家庭聚會，經常都是我倆說俏俏話而沒有跟其他表兄弟姊妹玩。在香港，我們既是同事，練習時一定會見到；又是家人，家庭聚會一定會見到；也是朋友，以致彼此互動交流的機會很多。

兄妹感情難得如此親厚，我們都很珍惜對方。

回頭看如果成長環境中沒有一個同樣喜愛空手道的家人同行，我未必能像現在走得那麼遠。雖說小時候我沒有特別視哥哥為榜樣想去跟隨，因為當時的我並未明白我的目標是什麼，但至少有一個「人辦」讓我知道他值得學習。當別人將我倆比較時，我知道自己有哪些不足的地方。

多得哥哥在身邊提醒我，讓我不至於繼續懶散下去，他正好證明了就算天份不高，只要後天多加努力，一樣可以有好的發展，這成了令我發奮圖強的轉捩點。我知道自己有天份，如果加上後天的努力一定會更進步，可以走得更遠。世界冠軍是一個終點，我就是想測試自己可以走得有多遠，每走一步都好像做一個實驗，其實人生也是一場實驗。

有次訪問是快問快答形式，主持人完成問題後我和哥哥需各自在紙上寫答案，然後同步揭曉。其中一條問題是問我們從來不會跟對方說的字，大家都寫著「加油」這個字。真的，我們從來都不會跟對方說「加油」，因為「加油」這個字實在起不了什麼作用。如果你想幫我，不如實際點跟我分析策略和方向。Kata 是一個表演項目，是表演給別人看的，要相信別人給你的意見和評語。正正 Kata 是人判的項目，每個人的評語也可以不同，七位裁判有七種評語，不用特別說「加油」。即使不說，對方也會加油，說了反而令對方徒添壓力，所以盡量避免說，我們的想法很一致。

事實證明了同伴的重要，我現在正向著自己的夢想進發，哥哥的理想隨著時間也會有所改變，大家可能朝不同方向走，但也會彼此支持。目前他會著眼擔任教練方面，我則繼續做運

如果不是有哥哥這個親人跟我同樣熱愛空手道，相信今天的路不會走得那麼遠。

動員繼續衝，我很希望他可以很快達到目標。我們多年來在競爭激烈的環境下生存，無間斷面對較量，勝利時當然會很享受，但在追求勝利的過程中，愉快感會隨之減少，因為始終承受著沉重壓力，所以希望自己退役後及哥哥現在兼任教練，都能以享受生活為大前提，以開心行先，放下多年來作為運動員的高壓情緒，找到令自己開心的地方並好好發展。最後想跟他說，我倆關係很難得，我很珍惜他，雖然有時會爭拗，意見不合，但很正常，總之一句到尾，在心中。

有話想跟師父說

　　記得小時候道場有一個網頁用來介紹館內的年輕運動員，其中一個就是我，內裡有我的簡介、成績及座右銘，當時沒想到填什麼，因為沒什麼目標令我想更加堅持下去。到網站正式開通時，我的座右銘一欄列出「勝不驕敗不餒」六個字，我記得媽媽說沒幫我填過，我直覺覺得是馮華強師父幫我填的。那為什麼他會選這六個字？我從很多不同角度去思考，肯定是他覺得我做不到，想我反省一下，是他對我的寄語，難道我輸了時很頹廢，贏了時很囂張？當時有去反覆思考，但不算很深層，始終仍然很年輕，青少年階段思想未成熟，我不知該如何反省，但我不認同自己是這樣。

當年馮華強師父替我的座右銘寫上「勝不驕敗不餒」

現在回看，這六個字正正就是一個運動員、特別是世界級運動員，作為一個受人尊敬及尊重的好榜樣必要的條件。眼見有些選手雖然成績很好，但品行不受人尊重，例如輸了會「反白眼」，不鞠躬或不做禮儀動作，其實都是很真實的情緒。這些微細的表情或動作看在別人眼裡，尤其是那些喜歡我們或將我們視作榜樣的下一代，很容易受到不良影響。我視這六個字是師父在那個時期送贈給我的，在這20多年來，我不能說得上時刻謹記著這六個字去做人，但現在慢慢培養出這種心態，控制每次勝敗後的態度，即使輸了會好好反省自己，身心兩方面同步調整，堅持下去不氣餒，正正就是這六個字帶出我20多年一直走來心態上的進化。

這六個字説出來很容易，我以為自己會做到，但經歷2023年的亞運後，方發現原來我可以很頹廢，我仍有很多事情需要學習，好像人生需要不斷學習，總有事情會令你更加頹廢。以前覺得輸了比賽好像很大件事，想不到經歷這麼多歷練後到2023年的亞運，仍然覺得發生了很大件事。這就是人生，需要不斷學習，總有更意想不到的事情發生。這六個字，成了我跟師父之間一個深刻的連繫。

我記得長大後跟師父的看法有少許不同，例如我想做的事他覺得不適合或不應該，我開始有想求進步的心，只想不斷

比賽之形，人生之型

學習和進步，但不知道因何二人看法上有分歧。很感謝師父選擇相信我知道自己是在做什麼，相信我沒有其他用意，只一心求進步，而我亦一步一步證明給他看我是知道自己在做什麼的。及後開始在海外比賽有一定成績，有更多資源可以出外訓練，學習到更多知識和技巧。我相信今時今日的成績及我現在正在做的事，讓師父可以很驕傲地告訴別人我是他的徒弟。

當有意見分歧的時候，師父嘗試去了解我這樣做的背後原因。我的心路歷程很獨特，一路以來只有我一個空手道運動員曾經打入奧運或打破某些成績紀錄，對我而言，我所有創出來的成績都是新的，所有經驗對師父而言也是新的，就好像新手父母一樣，他們陪伴小朋友從一歲、兩歲、三歲一直走下去，對他們而言每一步也是新的體驗。

例如小朋友18歲不能像8歲般看待，家長也要受教育，他們不懂也不奇怪，過程中需要不斷學習。作為教練也是一樣，當選手到達不同水平時，他也要學懂如何跟徒弟溝通，在徒弟的角度去看世界，策略上要與時並進。

近幾年我經常出外練習，師父知道我有多辛苦，他不會說廢話，而是用行動支持，過去兩屆亞運會也有到現場看我作賽。剛過去那屆亞運會他跟我一樣不開心，覺得很憤怒，但比

賽就是這樣，總會有贏也有輸，他看到我的進步和付出，知道我的實力水平已經到達值得他感到驕傲的位置，這已足夠令我開心。

我相信現在的成績，讓師父可以很驕傲地告訴別人我是他的徒弟。

有話想跟教練說

　　我曾遇過很多不同教練,有前港隊教練、體能教練、技術教練,香港隊及海外也有,跟教練的相處很特別,每個人也不同。有些很了解我,因為對方也曾是高水平的運動員,他能令你愛上學習及有所啟發;有些是灌輸專業知識給你,待你自行去分析;有些幫你解決技術上問題。有時會跟教練有分歧,因為未必人人都能從我的角度去看事情。

陪我上過不少戰場的前空手道港隊教練 Marijana Kiuk

好像現在港隊的總教練William Thomas，來自英國，他和他的兒子也曾經是世界冠軍。跟他交談，他會用冠軍選手的思維去給我意見。如果有教練不能與時並進跟我同行，分歧及鴻溝便會因此出現。我曾跟一些教練探討過這些問題，最後發現有少許雞同鴨講，對方好像不明白我的處境，會令我的情緒很波動，為何我們不同步？

只想說我們運動員跟教練也會有分歧，如果對方不能跟得上運動員的步伐是很難成事，慶幸大部分教練思想也是比較開通。

月井新老師

李文興師父

長谷川老師

武藝之形‧人生之型

143

橋本老師

其中一位教練 Robert Young

比賽之形，人生之型

有話想跟後輩說

　　我覺得如果自覺在特定項目上有潛質，而且願意付出時間，有機會成為全職運動員的話，值得一試。這是一個很特別的機會，不是你想做就可以做得到，不管走下去會發展得很好，還是平平無奇，往往要嘗試過才知道是否值得走下去，沒試過就放棄機會，一定會後悔和遺憾。

比賽之形，人生之型

未來的我

Chapter 9 ——————————— 未來的我

　　從前的我，除了練習，還是練習！我知道這不是一個很健康的情況，但是是有原因的，例如COVID那年，因為滯留在美國一段長日子，空餘時間就是待在家看電影，十分頹廢，對打機又不感興趣，不知道有什麼做可以打發時間，於是取出練習時的片段反覆觀看，再跟其他選手的比賽片段做對比，看對方有何可取之處。逐漸演變成習慣，每天練習完畢就看影片，整個生活都圍繞空手道。

在美國受訓的情況

多得 *training partner* 的提醒，才懂得適時休息。

　　這樣做很有成效，從研究別人的優點中了解自己的缺點，翌日練習時可以很清晰明確地針對問題作出改善，天天如是，時間過得很快，進步也很快。記得有一天我跟 training partner 說我很累，整個腦袋都沒有休息，問他是否也如此？他回應說不是，認為我每天練習過後都仍在想空手道的事，不斷想如何改善套拳，腦袋絲毫沒有喘息空間。

　　所以現在我正學習多點休息，不是說不去練習，而是讓腦袋清空一下，多做空手道以外的事，不要時時刻刻都想著空手道。

現時在美國最主要的 training partner Ariel Torres，他也在世界錦標賽及
奧運會中奪得銅牌。

空手道以外的我

回想以前我在香港很喜歡攝影，會花錢買優質的相機到
處拍照，後來去到美國就再沒有維持這個嗜好。以前我在香港
也經常約朋友外出聚餐，我很喜歡逛街購物，當花錢換來一件
物件時就會感到很開心。但其實有少少病態，試過有一個階段
無論如何也要找理由外出跟朋友吃個飯、買點東西，不知是心
靈上有什麼缺失還是為了宣洩壓力。

曾經有一段時間迷上攝影，會花費購買優質攝影器材。

另外我亦曾經客串拍攝電影和電視劇，但暫時無意兼顧運動員及幕前工作。當我很專注於一件事情時，我不喜歡同時開始另一件事。正如當初想轉做全職運動員，也必須等到大學畢業後才開始，我不喜歡重疊事情來做。不過參與這些幕前工作還是會有得著，好像早前曾做體育電視節目的客席主持，當時我認為自己的表達能力欠佳，幸好有其他主持幫助及教導我，我亦不時觀察一些說話非常流利的主持人，從中偷師。多得那段時期的工作機會，令我在言語表達上有明顯改善。

曾岑與各類型幕前工作

拍攝廣告也是一個有趣的體驗

至於電影和電視劇的內容也是關於我和空手道，只需做回自己便可。這是一個很特別的經歷，好像透過另一個形式去提醒自己以往走過的路和心態。原來從別人的角度看我是這樣，我以為堅持是很基本的事，但在別人眼中是很大的優點，甚至是他人心目中的「劉慕裳精神」，透過拍攝我從別人口中認識自己更多。

不同形式孕育下一代

對於未來的展望，個人方面，希望不久將來能夠組織家庭，我很喜歡小朋友和大伙兒的感覺，熱熱鬧鬧，期望在完結空手道比賽生涯後可以開始人生另一個階段。至於子女會否成為接班人並沒有所謂，我覺得自己的空手道生涯太苛刻、太繃緊，空手道以外也是研究空手道的事，所以最重要是他們是否真心有興趣。如果有，我當然會幫忙，沒有就不必勉強，不過幻想一下有個 mini Grace 出現在 Kata 界也十分有趣。

至於事業方面，一定會繼續跟空手道有關，但會以一個怎樣的形式走下去？當下我仍未有決定，是在香港還是海外發展？公營還是私營機構？我希望可以栽培到更好的 Kata 選手，不管來自什麼國家或地區，只要對方有心，我希望可以用我的知識及經驗去幫助別人。我對自己是採取實驗模式，我相信每

我是一個喜歡熱鬧的人

個人也不同，這個實驗在我身上奏效，不代表在學生身上奏效，教導每一個學生也是一個全新的經驗。

現在我慢慢開始接觸這個範疇，但暫時不想有太多學生，始終我個人希望完結一件事才正式開始另一件事。如果教學可以令我提早學懂如何為未來鋪路，或對個人事業發展有幫助，我也不介意一試。自問我也是一個盡責的教練，會犧牲自己的時間給學生，這也等同犧牲了自己的訓練及休息時間，要從中取得一個平衡，不能大幅度開班或定期教授，目前都是以自己的目標先行，待完結運動員生涯才可全心全意做一個更負責任的教練。

我偏向想幫助代表隊的運動員，這跟興趣班業餘式的運動員有很大分別。我對各項比賽都非常熟悉，有很多實戰經驗，跟代表隊運動員的思維較接近，知道何時適合用哪一種模式去栽培他們，所以我的取向是協助代表隊隊員。如果香港隊需要我，我是十分樂意參與其中。

終極目標 成為世界冠軍

很開心2024年之始登上了世界空手道聯會排名的第一位，如果我的運動員生涯繼續走下去，世界冠軍絕對是我的終極目標。2023年底才完成我的世錦賽目標打入決賽，我希望

一步步取得金邊袍，現在我訂的目標去到2024年6月初，之後不代表不再參賽，只是不想給自己太大負擔。世錦賽是兩年一度的賽事，不想因這條時間線而給自己過多的壓力。

退役計劃存在未知之數

我不喜歡用言語去限制自己的目標，現在問我，我預計最多作賽至2025年，2026年不會再參賽。我不知道自己或教練之後會否冒出其他想法，或因有些比賽從未參加過而改變計劃。我不喜歡說出來，只跟身邊兩三個人提及過退役計劃，不會公開談論是因為不想別人知道我太多的安排，免得到限期時仍然見到你作賽又要有一番解釋。我有權為人生作出不同計劃的調動，不需要跟別人解釋太多，目前是這樣計劃，之後會否轉變則是未知之數。

我自己有很清晰的目標，以前的目標就是在現役時能夠參與所有賽事，例如奧運、世運都在清單之上，東亞運動會沒有了就沒辦法參加，要參加的都參加過。現在的目標是希望取得金邊袍，2023年我在世錦賽差點成為世界冠軍便可以取得金邊袍，可惜最後沒爭取到，於是我去思考有沒有其他更快的方法獲得金邊袍，因而萌生希望2024年成為聯賽Grand Winner這個念頭。

理想中的生活

即使有時光機可以回到過去改變一件事，我也不會回去任何一個時間點，我覺得所有經歷，不管開心或不開心，憤怒或悲慘，都成就了我今天的一部分。經歷使人成長，缺少之前任何一件事，今天的我就會變得不一樣。

就把那些不開心的回憶視作人生寶貴的一課，我不想回到某個時間點去逃避那件事，否則可能到現在我也學不會那個教訓，往後帶來的影響或會更大。

能夠放下工作，全心全意享受假期，非常難得。

只要有目標，我就會活得很開心。

我沒想過理想中的生活是怎樣，只知道有目標就會很開心，而現在是過著有目標的生活。我不喜歡百無聊賴、漫無目的，不知自己起床有什麼做，很頹廢。現在練習的日子，我清楚知道今天練習是為了哪個比賽，今天目標是什麼；休息的日子，起來後的目標就是專心休息，所以每天也有目標。目前我很專注在空手道，之後可能成為教練目標又會不一樣，當有家庭時為家庭付出目標又會轉變。我的理想生活模式就是要有目標，及希望身邊人跟我一樣過得舒適。

比賽之形・人生之型

後記

第一次到達哈薩克高原地區訓練，面對不少挑戰。

從最初學習個人形至今，我覺得自己的心態由此至終都沒有轉變，我一直都保持著好勝心。記得第一次參加個人形比賽，那時只有12、13歲，緊張得哭起來，因為我很在意，參加比賽都是想贏，而不是志在參與。到現在每一場比賽我也是想贏，我覺得作為運動員需要有這種心態，尤其是代表香港，為自己的地方爭光。

　　不同的是，雖然從小到大都好勝，但小時候的好勝純粹是參加比賽想贏；長大後的好勝，是想給自己及別人一個交代，想證明一件事是對的，想證明自己的準備功夫是對的，想證明方式是對的，想證明技術是對的，很想證明很多事。因為我在做實驗，很想告訴別人這個實驗是可行的。

　　看回筆記，今天寫的跟兩年前寫的分別很大，但我就是不停去學習，一而再、再而三作出調整，累積經驗。由於大部分時間也只有自己一個人去練習，對自己非常了解，我覺得現在的我已成為了自己的教練，沒有人比起我更加了解我。我知道自己在哪個條件下適合做什麼，還有多少能耐，我的身體是否有限制而做不到某些動作，我該如何打破這限制……教練可以給予我一個指引或方向去跟隨，但到最後還是要靠自己克服。

所以從以前到現在，好勝是沒有變過，但在訓練過程中，由最初很懶散及臨急抱佛腳，純粹因為想贏而在比賽前三個星期特訓，到現在每日都在做實驗。我要證明這條路是對的，不會再像年輕時任性，而是經過長年累月、日復日去嘗試。

　　就在不久前經歷了一個訓練，很久未試過如此辛苦，甚至可以說從未試過如此辛苦，當完結一刻，我真的很為自己捱得過而感到自豪。至於我是用什麼狀態捱到最後呢？就是無論有多累，到最後一刻，我都要用盡全身力氣去揮拳，要克服它、征服它，心態往往就是成敗的關鍵。

　　最後我想跟「劉慕裳」說一聲：「真係辛苦晒！」有時覺得自己真的太辛苦了，特別在練習過後，我也會跟自己說一聲「Good job」，為自己又捱過一次訓練而感到驕傲。

比賽之形，人生之型

輝煌時刻

全港空手道青少年大賽
《金牌》

全國空手道錦標賽
《銅牌》

2004　　　2005　　　2009　　　2011

全港空手道青少年大賽
《銅牌》

首次代表香港
韓國公開賽
《金牌》

全國大學生空手道錦標賽
〈個人及隊際〉《金牌》

第六屆東亞空手道錦標賽
《金牌》

空手道一級世界盃
《金牌》

2012　　　　2013　　　　2015　　　　2016

第八屆世界大學生
空手道錦標賽
《銅牌》

全國空手道錦標賽
《金牌》

世界一級空手道超級聯賽
〈德國分站〉《金牌》

第十三屆亞洲空手道錦標賽
《銀牌》

第五屆東亞空手道錦標賽
《銀牌》

世界一級空手道A級系列賽
〈奧地利分站〉金牌

第十三屆全國運動會
銅牌

第七屆東亞空手道錦標賽
金牌

2019年世界沙灘運動會
銅牌

第十六屆亞洲空手道錦標賽
銀牌

第九屆東亞空手道錦標賽
金牌

2017　　　　**2018**　　　　**2019**　　　　**2021**

世界一級空手道超級聯賽
〈摩洛哥分站〉金牌

第二十四屆世界空手道錦標賽
銅牌

第十八屆亞洲運動會
銅牌

2020年東京奧運會
銅牌

第二十五屆世界空手道
錦標賽
銅牌

第十七屆亞洲空手道
錦標賽
銅牌

2022 年伯明罕世界運動會
《銅牌》

第十八屆亞洲空手道錦標賽
《銀牌》

世界空手道聯會公布
《世界排名第一》

世界一級空手道超級聯賽
〈土耳其分站〉《金牌》

2022　　　　　　**2023**　　　　　　**2024**

第十九屆亞洲空手道錦標賽
《金牌》

第十九屆亞洲運動會
《銅牌》

第二十五屆世界空手道錦標賽
《銀牌》

屯賽之形，人生之型：劉慕裳

口述：劉慕裳

筆錄：區杏芝

出版人：卓煒琳

編輯：區杏芝

美術設計：Winny Kwok

出版：好年華生活百貨有限公司

地址：香港九龍彌敦道 721-725 號華比銀行大廈 501 室

查詢：gytradinggroup@gmail.com

發行：一代匯集

地址：香港旺角龍駒企業大廈 10 樓 B＆D 室

查詢：2783 8102

國際書號：978-988-76520-6-9

出版日期：2024 年 5 月

定價：$118 港元

Printed in Hong Kong